Tucholsky Wagner Zola Scott Sydow Freud Schlegel
Turgenev Wallace Fonatne
Twain Walther von der Vogelweide Fouqué Friedrich II. von Preußen
Weber Freiligrath Frey
Fechner Fichte Weiße Rose von Fallersleben Kant Ernst Frommel
Richthofen
Hölderlin
Fehrs Engels Fielding Eichendorff Tacitus Dumas
Faber Flaubert
Eliasberg Ebner Eschenbach
Feuerbach Maximilian I. von Habsburg Fock Zweig
Ewald Eliot Vergil
Goethe Elisabeth von Österreich London
Mendelssohn Balzac Shakespeare
Lichtenberg Rathenau Dostojewski Ganghofer
Trackl Stevenson Doyle Gjellerup
Mommsen Tolstoi Lenz Hambruch
Thoma Hanrieder Droste-Hülshoff
Dach Verne von Arnim Hägele Hauff Humboldt
Reuter Rousseau Hagen Hauptmann Gautier
Karrillon Garschin
Defoe Baudelaire
Damaschke Descartes Hebbel
Hegel Kussmaul Herder
Wolfram von Eschenbach Schopenhauer
Bronner Darwin Dickens Rilke George
Melville Grimm Jerome Bebel Proust
Campe Horváth Aristoteles
Bismarck Vigny Barlach Voltaire Federer Herodot
Gengenbach Heine
Storm Casanova Tersteegen Grillparzer Georgy
Chamberlain Lessing Langbein Gilm Gryphius
Brentano Lafontaine
Strachwitz Claudius Schiller Kralik Iffland Sokrates
Katharina II. von Rußland Bellamy Schilling
Gerstäcker Raabe Gibbon Tschechow
Löns Hesse Hoffmann Gogol Wilde Vulpius
Luther Heym Hofmannsthal Gleim
Roth Klee Hölty Morgenstern Goedicke
Heyse Klopstock Kleist
Luxemburg Puschkin Homer Mörike
La Roche Horaz Musil
Machiavelli Kierkegaard Kraft Kraus
Navarra Aurel Musset
Lamprecht Kind Kirchhoff Hugo Moltke
Nestroy Marie de France
Laotse Ipsen Liebknecht
Nietzsche Nansen
Marx Lassalle Gorki Ringelnatz
von Ossietzky Klett Leibniz
May vom Stein Lawrence Irving
Petalozzi Knigge
Platon Pückler Michelangelo Kafka
Sachs Poe Kock
Liebermann Korolenko
de Sade Praetorius Mistral Zetkin

Der Verlag tradition aus Hamburg veröffentlicht in der Reihe **TREDITION CLASSICS** Werke aus mehr als zwei Jahrtausenden. Diese waren zu einem Großteil vergriffen oder nur noch antiquarisch erhältlich.

Symbolfigur für **TREDITION CLASSICS** ist Johannes Gutenberg (1400 — 1468), der Erfinder des Buchdrucks mit Metalllettern und der Druckerpresse.

Mit der Buchreihe **TREDITION CLASSICS** verfolgt tradition das Ziel, tausende Klassiker der Weltliteratur verschiedener Sprachen wieder als gedruckte Bücher aufzulegen – und das weltweit!

Die Buchreihe dient zur Bewahrung der Literatur und Förderung der Kultur. Sie trägt so dazu bei, dass viele tausend Werke nicht in Vergessenheit geraten.

Ein Narr des neunzehnten Jahrhunderts

Heinrich Zschokke

Impressum

Autor: Heinrich Zschokke
Umschlagkonzept: toepferschumann, Berlin

Verlag: tradition GmbH, Hamburg
ISBN: 978-3-8424-1235-4
Printed in Germany

Ziel der TREDITION CLASSICS ist es, tausende deutsch- und
fremdsprachige Klassiker wieder in Buchform verfügbar zu
machen. Die Werke wurden eingescannt und digitalisiert. Dadurch
können etwaige Fehler nicht komplett ausgeschlossen werden.
Unsere Kooperationspartner und wir von tredition versuchen, die
Werke bestmöglich zu bearbeiten. Sollten Sie trotzdem einen Fehler
finden, bitten wir diesen zu entschuldigen. Die Rechtschreibung der
Originalausgabe wurde unverändert übernommen. Daher können
sich hinsichtlich der Schreibweise Widersprüche zu der heutigen
Rechtschreibung ergeben.

Vorläufige Nachrichten

Auf meiner letzten Reise im Norden unsers Vaterlandes ließ ich mich einen kleinen Umweg nicht gereuen, um meiner Lieblinge einen aus dem goldenen Zeitalter des Lebens einmal wieder zu sehen. Man erlaube mir indessen nur, in der folgenden Erzählung Namen von Gegenden, Ortschaften und Personen zu verschweigen oder zu verstellen. Die Geschichte ist darum nicht weniger wahr, wie unwahrscheinlich sie auch Vielen vorkommen mag.

Jener Liebling also war der Freiherr Olivier von Flyeln, mit dem ich auf der Göttingischen Hochschule zugleich den Wissenschaften angehört hatte. Er war damals einer der trefflichsten Jünglinge und zugleich einer der geistreichsten jungen Männer gewesen. Die Liebe der römischen und griechischen Schriftsteller hatte uns zusammengeführt und verbunden. Ich nannte ihn nur meinen Achilles, er mich seinen Patroklus. Aber er hätte in der Tat jedem Künstler zum Urbild eines Achilles dienen können. In Gestalt und edler Haltung einem jungen Halbgott ähnlich, Trotz und Güte im dunkeln Feuer seines Blicks, gelenk und gewandt wie keiner, der kühnste Schwimmer, der schnellfüßigste Renner, der wildeste Reiter, der anmutigste Tänzer, hatte er dabei das edelmütigste und furchtloseste Herz. Sein Edelmut verwickelte ihn eben in mancherlei unangenehme Händel, wie er sich oft ungerufen der Unterdrückten annahm. Er mußte sich daher mehrmals mit Andern schlagen; er scheute die besten Fechter nicht; ging in den Kampf wie zu einer Lustpartie, ward dabei niemals verwundet, als wäre er am ganzen Leibe gefeiet, ließ aber keinen ungezeichnet von sich.

Seit unserer Trennung hatten wir uns mehrmals geschrieben; aber wie es denn so geht, wenn man in den Wogen des Lebens auseinander kömmt, wir vergaßen zwar uns nie, aber zuletzt doch den Briefwechsel. Ich wußte endlich von ihm nur, daß er Hauptmann bei einem Infanterieregiment gewesen war. Jetzt mochte er etwa fünfunddreißig Jahre alt und im Range vorgerückt sein. Sehr zufällig erfuhr ich auf der Reise den Standort seines Regiments, und das verleitete mich, wie gesagt, zu dem Umweg.

Der Postknecht fuhr mit mir in die Straßen der alten, weitläufigen, reichen Handelsstadt ein, und hielt vor dem angesehensten

Gasthof. Sobald ich vom Aufwärter mein Zimmer angewiesen erhalten hatte, fragte ich ihn, ob beim Regiment in hiesiger Besatzung nicht ein Freiherr von Flyeln sei?

»Sie meinen den Major?« fragte der Aufwärter.

»Major kann er wohl sein. Ist seine Wohnung entfernt von hier? Trifft man ihn um diese Zeit an? Es ist schon spät; aber ich wünsche, daß mich Jemand zu ihm führe.«

»Verzeihen Sie, der Herr ist nicht mehr beim Regiment, schon lange nicht mehr. Er hat den Abschied genommen oder nehmen müssen.«

»Müssen? Warum das?«

»Er hat allerlei Geschichten getrieben, wunderliches Zeug; ich weiß selbst nicht was? Er ist zuletzt nicht recht im Kopf gewesen; übergeschnappt, verrückt geworden. Man sagt, er habe sich um den Verstand studiert.«

Die Botschaft erschreckte mich so, daß ich die Fassung und die Frage verlor.

»Und wie denn?« stammelte ich endlich, um doch etwas zu fragen und Genaueres zu vernehmen.

»Verzeihen Sie«, sagte der dienstfertige Aufwärter: »was ich weiß, hab' ich nur von Hörensagen, denn er ist früher weggeschickt, als ich in dies Haus kam. Man erzählt aber noch viel von ihm. Zum Beispiel hat er mancherlei Händel mit Offizieren gehabt, und jeden Du geheißen, sogar den General, jeden, er mochte sein wer er wollte. Als er eine reiche Erbschaft von seinem Oheim in Empfang genommen hatte, bildete er sich ein, er sei bettelarm geworden, könne seine Schulden nicht zahlen, und verkaufte, was er um und an sich hatte. Er soll auch gotteslästerliche Reden in seinem Wahnsinn ausgestoßen haben. Das Lustigste aber ist, daß er seiner Familie zum Trotz ein unehrliches Mädchen, ein Gaunerkind, geheiratet hat. Auch sein Anzug soll zuletzt gar toll gewesen sein, gar hanswurstmäßig, so daß ihm alle Gassenbuben nachliefen. Man hat ihn in der Stadt sehr bedauert; denn er war vorher allgemein geliebt, und muß, so lange er noch den Verstand hatte, ein vortrefflicher Herr gewesen sein.«

»Und wo befindet er sich jetzt?«

»Ich kann es nicht sagen. Er hat die Stadt verlassen. Man hört und sieht nichts von ihm. Vermutlich hat ihn seine Familie irgendwo untergebracht, um ihn heilen zu lassen.«

Mehr wußte der Aufwärter nicht zu berichten. Ich hatte schon zuviel gehört. Ich warf mich schaudernd in einen Sessel. Ich dachte mir noch die Heldengestalt des geistvollen Jünglings, von dessen Zukunft ich hohe Erwartungen gehegt hatte; der sowohl durch seinen Stand, als durch seine großen Familienverbindungen Ansprüche auf die ersten Stellen im Heer oder im Staate hätte machen können; der durch seine Kenntnisse, durch seine seltenen Geistesgaben zu allem Großen berufen zu sein geschienen, – und der nun war einer der Unglücklichen, vor deren Anblick die Menschheit mitleidig zurückschaudern muß! Hätt' ihn doch der Engel seines Lebens lieber aus der Welt hinweggerückt, denn ihn zum traurigen Schauspiel, als klägliches Zerrbild, stehen gelassen!

Wie gern ich den guten Olivier gesehen hätte, war mir's doch lieb, ihn nicht mehr in der Stadt zu wissen. Ach, er wäre ja doch nicht mehr Olivier, nicht mehr mein herrlicher Achilles gewesen, sondern ein kläglicher unkenntlicher Torso! Ich wollte ihn nicht sehen, auch wenn es mir leicht gewesen wäre, ihn zu finden. Dann hätt' ich meinen Göttingischen Achilles im Gedächtnis auswechseln müssen mit der Gestalt eines Wahnsinnigen; das hätte mir eine der liebsten und anmutigsten Erinnerungen geraubt. Ich wollte ihn aus demselben Grunde nicht wiedersehen, wie ich keinen meiner Freunde im Sarge betrachten mag, weil ich nur die Gestalt des Lebendigen in Gedanken bewahren will; oder wie ich's meide, Zimmer, die ich vor Zeiten bewohnte, die nun von Andern bewohnt werden, die nun ganz anders eingerichtet sind, wieder zu besuchen. Das Ehemals und Jetzt verwirrt sich immer in meinen Vorstellungen auf eine unausstehlich-peinliche Weise.

Ich war noch in allerlei Betrachtungen über die Natur des menschlichen Wesens verloren, und wie derselbe Geist, welcher die Räume des Weltalls mißt, das Höchste ahnet – durch Druck oder Verletzung eines unsichtbaren Teils seines Nervengewebes zum widerlich verstimmten Saitenspiel werden muß, sich und der übrigen Welt ein unverständlicher Fremdling: da trat der Aufwärter herein und rief zum Nachtessen.

Die Wirtstafel im hellerleuchteten Speisesaal war von vielen Gästen besetzt. Es traf sich, daß mir ein Platz in der Nachbarschaft einiger Offiziere der hiesigen Stadtbesatzung angewiesen ward. Natürlich leitete ich das Gespräch, sobald es einmal unter uns angeknüpft war, auf meinen Freund Olivier. Ich gab von ihm die genauesten Einzelheiten an, so viel ich deren wußte, um jede Verwechslung der Personen zu verhüten. Denn es war ja möglich, und ich glaubte die Möglichkeit, daß der wahnsinnige Freiherr von Flyeln ein ganz anderer, als mein Achilles von Göttingen sein konnte. Allein alles, was ich sagte, alles, was ich dagegen hörte, bestätigte zu sehr, daß hier keine Verwechslung statt finde.

»Es ist jammerschade um den Baron!« seufzte einer der Offiziere. »Jedermann hatte ihn gern. Er war einer der bravsten beim Regiment, ein verwegener Teufel. Das sahen wir beim letzten Feldzug in Frankreich. Was keiner von uns wagte, das wagte er spielend. Aber ihm glückte auch Alles. Denkt nur an die Batterie bei Belle-Alliance! Wir hatten sie verloren. Der General riß sich die Haare aus dem Kopf. Flyeln rief: Wir müssen sie wieder nehmen, sonst ist alles dahin! Drei Angriffe hatten wir vergebens getan. Da geht Flyeln mit seiner Kompagnie noch einmal vor, nimmt's mit einem ganzen Bataillon Garden auf, und bei Gott, schlägt in gräßlicher Metzelei durch, nimmt die Batterie!«

»Aber es kostete auch die halbe Kompagnie!« rief ein alter Hauptmann neben mir: »Ich war Augenzeuge. Er kam, wie gewöhnlich, ohne Schramme davon. Ungeheures Glück begleitete den Menschen. Der gemeine Soldat läßt sich's jetzt noch nicht ausreden, der Baron habe sich hieb-, stich- und kugelfest machen können.«

Ich hörte mit wahrer Wollust dem lobreichen Gespräch über den guten Olivier zu. Ich erkannte ihn wieder an allen seinen Tugenden. Man pries besonders seine wohltätigen Handlungen. Er war der Gründer und Verbesserer einer Schule für Soldatenkinder, und hatte dafür großen Aufwand gemacht. Er hatte im Stillen viel Gutes gewirkt; immerdar ein einfaches, eingezogenes Leben geführt, nie zu dem Mutwillen, nie zu den Ausschweifungen sich geneigt, zu welcher Jugend, Schönheit, Kraftfülle und Reichtum so leicht verlocken. Ja, die Offiziere gestanden mir, daß der Freiherr bedeutenden Einfluß auf Veredlung des Tons unter dem Offizierskorps, auf die ernstern Sitten desselben und auf dessen wissenschaftlichere Bildung gehabt. Er selbst habe Vorlesungen über verschiedene, dem Krieger nützliche Gegenstände gehalten, bis es ihm untersagt worden sei.

»Und warum untersagt?« fragte ich verwundert.

»Eben in diesen Vorlesungen«, antwortete mir einer meiner Tischnachbarn, »offenbarten sich die ersten Spuren seiner beginnenden Geisteszerrüttung. Kein Jakobiner im Pariser Nationalkonvent hat jemals rasender gegen unsere monarchischen Einrichtungen gewütet, und gegen die verschiedenen europäischen Höfe und ihre Politik, als er zuweilen. Er sagte geradezu, die Völker selber würden früh oder spät sich helfen, sich und den Königen gegen Minister-Willkür, Priesterherrschaft und Handelsbedrängung. Er meinte auch, die Revolution würde unvermeidlich von Volk zu Volk mild oder stürmisch übergehen, und werde binnen einem halben Jahrhundert die politische Gestalt Europa's verändern. Genug, die Vorlesungen wurden ihm untersagt, und billig und mit Recht. Eben so toll deklamierte er zuweilen auch gegen den Adel und dessen Vorrechte. Wenn man ihn dann erinnerte, daß er ja selbst Baron wäre, antwortete er: »Ihr habt die Torheit, mich so zu nennen; ich bin ein vernünftiger Mensch und von Geburt eben so viel, wie unser Profos.«

»Das waren aber doch nur erst Vorspuren der Geisteszerrüttung!« rief ein junger Lieutenant, »allein der erste Akt seiner Narrheit war, als er den Obristlieutenant Baron von Berken anfiel, mit Maulschellen bewirtete und die Treppe hinunterwarf, nachher aber die Herausforderung nicht anzunehmen wagte, und bei der Gelegenheit das ganze Offizierkorps beleidigte.«

»Er war doch sonst ein guter Fechter, der eben die blanke Klinge nicht fürchtete!« sagte ich.

»Wir kannten ihn bis dahin auch als solchen. Aber wie gesagt, seine ganze Natur änderte sich. Als er auf den Platz kam, wo er sich schlagen sollte, erschien er ohne Degen, bloß mit einer Rute in der Hand, und sagte in unser aller Gegenwart zum Oberstlieutenant mit lachendem Munde: du verächtlicher Bock, wenn ich dich wirklich mit dem Degen zerfetzte, würdest du darum mehr wert sein? Und als der Oberstlieutenant seinen Zorn nicht mehr mäßigen konnte und den Degen zog, entblößte der Major kaltblütig seine eigene Brust, hielt sie ihm hin und sagte: Hast du Lust, Meuchelmörder zu werden: stoß zu! – Wir wollten uns hineinmischen in den Wortwechsel, ihn zwingen, sich mit dem Oberstlieutenant zu schlagen, wie Pflicht und Ehre geboten. – Da nannte er uns allesamt Narren, die mit ihren Grundsätzen von Ehre ins Irrenhaus oder ins Zuchthaus gehörten. Nun konnten wir bald merken, daß es nicht mehr ganz richtig bei ihm im Oberstübchen wäre. Einige unter uns schimpften ihn. Daraus machte er nichts, sondern lachte. Wir begaben uns zum General, wir erzählten demselben offenherzig den ganzen Vorfall. Der General ward sehr verdrießlich, um so mehr, da er an demselben Tage für den Major den Orden vom Hofe erhalten hatte. Er bat uns, ruhig zu sein; er wolle Alles vermitteln; der Major müsse Genugtuung geben. Folgendes Morgens bei der Parade überreichte der General, laut Vorschrift, mit einer angemessenen Rede dem Major den Orden. Der Major nahm ihn nicht an, sondern antwortete in den ehrerbietigsten Worten die unehrerbietigsten Dinge, des Inhalts: Er habe für das Vaterland, und nicht für ein Stückchen Band gegen Napoleon gefochten. Habe er einiges Lob verdient, so wolle er's nicht vor Aller Augen an der Brust umher zur Schau tragen. Der General war außer sich vor Schrecken. Keine Bitten, keine Drohungen konnten den Major bewegen, das königliche Gnadenzeichen anzunehmen. – Nun traten die Offiziere vor, und machten die Erklärung, sie könnten nicht mehr mit dem Major dienen, wenn er nicht Genugtuung leiste. Die Sache kam zur Untersuchung; der Major in Verhaft, vom Hofe die Entlassung des Majors. Nun brach die volle Narrheit erst aus. Er ließ sich den Bart, wie ein Jude, wachsen; trug lächerliche Kleider; heiratete seinen Verwandten zum Trotz ein ganz gemeines, übrigens hübsches Mädchen, ein Findelkind, wegen dessen er schon mit dem Oberstlieutenant Händel gehabt hatte; hielt sich eine geraume Zeitlang für blutarm, und beging so vielerlei Torheiten, daß er endlich auf königlichen Befehl unter Aufsicht gesetzt und nach seinen Gütern verwiesen wurde.«

»Wo lebt er jetzt?« fragte ich.

»Auf seinen Gütern noch, zu Flyeln, im Schlosse seines verstorbenen Oheims, ungefähr zehn Meilen mögen es von hier sein. Ein

Jahr lang durfte Niemand ohne Erlaubnis zu ihm, sogar die Verwaltung seines Vermögens ward ihm entzogen. Sie ist ihm jetzt wieder überlassen, doch muß er jährlich Rechnung stellen; auch darf er sich keinen Schritt über die Grenzen seiner Gerichtsherrlichkeit entfernen. Er dagegen hat die ganze Welt feierlich in Bann getan, und läßt weder Verwandte noch Bekannte, noch Freunde zu sich. Man hat schon seit Jahr und Tag nichts mehr von ihm vernommen.«

Der Besuch

Aus allen Erzählungen der Offiziere leuchtete hervor, daß der unglückliche Olivier, nach Verlust seines Verstandes, doch immer ein gutmütiger Narr geblieben sei, und daß wahrscheinlich das deutschtümelnde Wesen, welches vor einigen Jahren Modesucht geworden, ihn etwas über Gebühr ergriffen, oder seinem Wahnsinn wenigstens die Farbe gegeben habe.

Alles das hatte mich sehr erschüttert. Ich konnte lange des Nachts den Schlaf nicht finden. Als ich am andern Morgen erwachte, war es schon spät; aber ich fühlte mich erquickt und gestärkt. Die Welt erschien mir in viel heiterem Licht, als den Abend zuvor, und ich beschloß, meinen bedauernswürdigen Freund in seinem Verbannungsorte zu besuchen.

Nachdem ich noch flüchtig die Sehenswürdigkeiten der Stadt besichtigt hatte, warf ich mich in den Wagen, fuhr bis in die Nacht und folgenden Tages nach Flyeln, in der Nachbarschaft eines Seestädtchens. Das Dorf Flyeln liegt noch zwei Meilen hinter dieser Stadt. Der Postmeister, als er hörte, wohin ich wollte, lächelte und meinte, ich werde wohl eine vergebliche Reise tun. Der Baron lasse sich nicht vor Fremden sehen. Auch erfuhr ich, daß sich sein Gemütszustand nicht gebessert habe, sondern der gute Mensch von der festen Vorstellung behaftet sei, die ganze Welt wäre seit Jahrhunderten närrisch geworden, und die Heilung müsse von Flyeln ausgehen. In diesem Prozeß, da die Welt ihn, und er die Welt für närrisch halte, sondere er sich von allen Menschen ab. Seine Bauern, deren Grundherr er ist, befinden sich übrigens sehr wohl dabei, denn er tut viel für sie. Aber dafür müssen sie seinen Grillen in allen Kleinigkeiten gehorchen, Schifferhosen und lange Jacken mit runden Hüten tragen, sich den Bart lang wachsen lassen, und alle Leute, wenigstens auf Flyelnschem Grund und Boden, sogar ihren Oberherrn duzen. Abgerechnet diese seine Sparre, wäre er der vernünftigste Mann von der Welt.

Ungeachtet der Warnung des Postmeisters machte ich doch den Versuch, und fuhr hinaus gen Flyeln. Was lag mir doch daran, zwei Meilen vergeblich zu fahren, nachdem ich, Oliviers willen, mich so weit vorgeabenteuert hatte? Und ich fand keine Ursache zur Furcht, von ihm abgewiesen zu werden, weil er nicht am Gedächtnis gelitten. Es war freilich ein erbärmlicher, selten befahrner Weg, der bald durch tiefen Sand, bald durch ausgetretene Bäche und versumpften Boden, bald durch Kieferngestrüpp fortzog, und meinem Wagen ein paar Male den Umsturz drohte. Eine Stunde von Flyeln aber erhob sich das Land, und eine schöne breite Fahrstraße, auf beiden Seiten mit Obstbäumen bepflanzt, verkündete die Nähe eines reichen Gutsbesitzers. Die Felder standen in der weiten Ebene trefflich gebaut; rechts dehnte sich in der Ferne ein hoher Eichenforst mit dunkelm Grün, wie ein ungeheurer Kranz; links das unendliche Meer; ein wallender weiter Spiegel, der mit den glänzenden Wolken am Rand des Gesichtskreises zusammenrann. Flyeln, das Dorf, zeigte sich zwischen Fruchtbäumen, Weiden und Pappeln vor mir; seitwärts erhob sich ein großes, altertümliches Gebäude, das Schloß, wie aus einem Wald von wilden Kastanien hervorsteigend. Abwärts, dem Meere näher, lag das Dorf Niederflyeln, ebenfalls zu Oliviers Herrschaft gehörig, malerisch an schroffe Felsen gelehnt, die zuletzt, als umbüschte Klippen, wie kleine Inseln weit ins Meer hinaus gingen. Einige Fischerboote, mit Segeln, schwärmten um die Gestade; auf der Höhe des Meers erblickte man ein reisendes Schiff, die weißen Möwen flatterten scharenweise in den Lüften.

Je näher ich dem Dorf und dem Schlosse kam, je malerischer und freundlicher ward mir die Umgebung. Es lag in ihr der eigentümliche Reiz jeder Seegegend, welcher aus der Paarung des Ländlich-Anmutigen mit der Majestät des unübersehbaren Ozeans, des Geborgenen und Friedlichen einfacher Hütten mit dem weiten stürmischen Leben des tückischen Elementes erwächst. In jedem Fall ist der Verbannungsort meines Freundes reizend genug, daß man dafür ohne Gram die Freiheit, in lärmerischen Städten zu wohnen, aufopfern kann.

Sowohl auf den Feldern als in einigen Gärten sah ich schon die angekündeten »Flyeler Bärte«. Auch der Wirt, vor dessen Schenke ich hielt und abstieg, war reichlich geschmückt mit Haarwuchs um Kinn und Mund. Er erwiderte meinen Gruß freundlich, und schien dabei doch über meine Ankunft verwundert. »Willst du etwa den Gutsherrn besuchen?« fragte er mich höflich. Ich ließ das etwas auffallende Du lächelnd durchgehen und bejahte es. »So bitt' ich um deinen Namen, Stand und Wohnort. Das muß dem Herrn Olivier gemeldet werden. Er nimmt ungern Reisende an.«

»Aber mich nimmt er gewiß an. Laß Er seinem Herrn nur melden, es wünsche ihn einer seiner ältesten und besten Freunde im Vorbeireisen auf ein paar Stunden zu sehen. Mehr lasse Er ihm nicht sagen.«

»Wie du willst«, erwiderte der Wirt, »aber ich kann dir die abschlägige Antwort voraussagen.«

Während der Wirt einen Boten suchte, ging ich langsam durchs Dorf in geradester Richtung gegen das Schloß, zu dem mich ein Fußweg hinzuleiten schien, der zwischen Häusern und Baumgärten lief. Er führte mich aber irre zu einem Gebäude, das ich für ein Waschhaus hielt. Seitwärts, jenseits einer Wiese, floß ein ziemlich breiter Bach, hinter welchem sich die hohen dunkeln Wildkastanien des altertümlichen Stammhauses der Freiherren von Flyeln schattig erhoben. Ich beschloß das Wagstück, mich bei Olivier unangemeldet einzuführen. Ich hatte dem Wirt absichtlich meinen Namen verschwiegen, um, wenn mich Olivier vor sich ließe, zu sehen, ob er mich erkennen würde? Ich ging über die Wiese, fand nach langem Suchen weiter abwärts über den Bach Steg und Weg, die mich zwischen Buschwerke gegen die Wildkastanien zurückführten. Diese beschatteten einen geräumigen, mit grünem Rasen bedeckten runden Platz neben dem Schlosse. Ringsum zog sich im Innern ein breiter mit Sand bedeckter Weg, links und rechts standen artige Ruhebänke unter den breiten Zweigen der Bäume, und auf einer der Bänke saß, ich war nicht wenig überrascht, Olivier. Er las in einem Buche. Zu seinen Füßen spielte ein dreijähriges Kind im Grase. Neben ihm saß ein bildschönes Frauenzimmer, mit einem Säugling an der Brust. Die Gruppe hatte etwas Wunderbarliches. Ich stand still, halb noch vom Gesträuch verdeckt. Keiner sah nach mir auf. Meine Augen hingen nur an dem guten Olivier. Selbst der schwarze Bart, der sich ihm um Kinn und Lippen kräuselte, und durch den Backenbart mit den finstern Locken seines Hauptes zusammenhing, stand ihm schön. Seine übrige Tracht hatte etwas Eigenes und doch nicht gar Befremdendes. Auf dem Kopfe trug er eine Art Barett mit Vorschirm gegen die Sonne; die Brust offen, mit weit überlegtem Hemdkragen; eine grüne weite Jacke, vorn übereinander geknöpft, mit bis gegen das Knie reichenden vorn ganz zusammengehenden Schößen; weite weiße Matrosenhosen; Halbstiefeln. Es war ungefähr dieselbe Tracht, welche ich an den Bauern gesehen hatte, nur die seine feinern Stoffs und geschmackvoller. Seine Miene war ruhig und nachdenkend. Auch als Mann, der den Vierzigern entgegen ging, konnte er noch schön heißen. Sein Bart gab ihm ein heldenartiges Wesen und Ansehen. Es kam mir vor, als sähe ich eine herrliche Gestalt aus dem Mittelalter.

Indem trat der Bote meines Schenkwirtes vom Schlosse in den Kreis der Bäume. Der junge Bursch zog den kleinen Rundfilz ab, und sagte: »Herr, es wünscht dich ein Fremder auf der Durchreise zu sprechen. Er sagt, er sei einer der ältesten und besten Freunde.«

Olivier sah auf und fragte: »Durchreise? Ist er zu Fuß?«

»Nein, er kam mit der Post.«

»Wie heißt er? Woher ist er?«

»Das will er nicht sagen.«

»Er soll mich ruhig lassen. Ich will ihn nicht sehen!« rief Olivier, und machte dem Jüngling eine Bewegung mit der Hand, sich fortzubegeben.

»Aber du mußt mich doch sehen, Olivier!« rief ich, und trat hervor und verneigte mich mit einer Entschuldigung gegen das Frauenzimmer. Er, ohne sich zu bewegen, ohne meinen Gruß zu erwidern, drehte verdrießlich den Kopf nach mir, musterte mich eine Weile mit scharfem Blick, ward ernster, legte das Buch weg, trat näher gegen mich vor, und sagte: »Mit wem habe ich zu sprechen?«

»Wie, Achilles erkennt seinen Patroklus nicht mehr?« entgegnete ich ihm.

»O Popoi!« fuhr er hochbestürzt auf, indem er die Arme auseinander breitete: »Sei willkommen, mein edler Patroklus im französischen Frack und gepuderten Haar!« – Damit lag er an meiner Brust. Trotz seiner sarkastischen Anrede wurden er und ich bewegt und zu Tränen weich. In dieser Umarmung verschwand ein Gedächtnis von zwanzig Jahren. Wir atmeten wieder wie an den Ufern der Leine, wie zu Bovenden, Norten und auf den Schloßtrümmern von Gleichen.

Darauf führte er mich mit freudeleuchtenden Augen zu der reizenden, jungen Mutter, die verschämt errötete, und sagte zu ihr: »Sieh, dies ist Norbert, du kennst ihn ja aus mancher meiner Erzählungen!« – und zu mir: »Das ist mein liebes Weib.«

Sie lächelte mich mit einem wahrhaften Engelslächeln unter ihren Locken an, und sagte mit einer Miene und einer Stimme, in der noch unendlich mehr Güte lag, als in ihrem Worte: »Edler Freund meines Oliviers, sei mir recht sehr willkommen. Ich habe lange schon das Vergnügen deiner persönlichen Bekanntschaft gewünscht.«

Ich wollte etwas Verbindliches erwidern, aber ich gestehe, das überraschende trauliche Du, welches mir Unbekannten von so lieblichen Lippen und so unbefangen hingesprochen, entgegenklang, stieß mich einen Augenblick lang aus aller Fassung.

»Meine Gnädige«, stammelte ich endlich: »ich habe mit dem Umweg von mehr denn zwanzig Meilen das Glück nicht zu teuer erkauft, Sie und Ihren Herrn Gemahl, meinen ältesten Freund – – –«

»Holla, Norbert!« unterbrach mich Olivier lachend: »Nur gleich beim Anfang, ein vorläufiges Wort, eine Bitte: nenne meine Frau, wie du deinen Gott nennst, einfach Du. Störe die schlichten Sitten von Flyeln nicht mit den Schnörkeln deutscher Zeremonien- und Komplimentenmeister; das gäbe unleidlichen Mißklang in unsern Ohren. Bilde dir jetzt ein, du seiest von Deutschland und Europa zweitausend Meilen weit geschieden, und lebtest wieder in einer ganz natürlichen Welt, etwa, wenn du willst, im Zeitalter des vielweisen Odysseus.«

»Also, Olivier«, sagte ich, »und du begreifst es, mit einer so liebenswürdigen Frau Du und Du sein, läßt man sich nicht zweimal bitten: also Frau Baronin, Du – – –«

»Noch einmal halt!« rief Olivier lautlachend dazwischen. »Deine Baronin steht zum Du, wie dein französischer Frack und der rasierte Bart zum Patroklusnamen. Meine Bauern sind nicht mehr Leibeigene, sondern Freiherren; ich und meine Frau sind aber nicht und nicht minder Baronen, als es meine Bauern sind. Nenne meine Amalia, wie sie hier Jeder nennt, Mutter – der edelste Name des Weibes –, oder Frau.«

»Es scheint«, versetzte ich, »ihr lieben Leute habt hier mitten im Königreiche eine neue Republik gegründet und allen Adel abgeschafft.«

»Richtig, allen, bis auf den Adel der Gesinnungen!« antwortete Olivier. »Und daraus siehst du, wir sind hier zu Lande noch unendlich aristokratischer, als ihr in euerm Deutschland. Denn bei euch dort trägt der Gemütsadel wahrhaftig wenig ein, und der Geburtsadel sinkt auch in den Kot, wohin er von rechtswegen gehört.«

»Um Verzeihung, du bist etwas jakobinisch gelaunt!« entgegnete ich. »Wer sagt dir, daß der Geburtsadel bei uns in der öffentlichen Meinung fällt?«

»O Popoi!« rief er: »muß ich denn dich noch belehren! Ich kannte vor Jahren noch einen armen, lumpigen Juden, den eure frommen Christen lieber ungeboren als geboren gesehen hätten. Er schacherte sich aber so viel zusammen, daß er bald Briefe von der Post mit dem Prädikat Edelgeboren erhielt. Nach einigen Jahren war er ein reicher Mann; und die höflichen Deutschen begriffen sogleich, daß der Mann von äußerst guter Geburt sein müsse. Alles schrieb ihm von da an sogleich als einem Wohlgebornen Herrn Bankier. Der Bankier half aber mit seinen Dukaten Finanzministern und völkerbeglückenden Kriegsministern aus der Geldklemme. Auf der Stelle ward der nützliche Millionär ein Hochwohlgeborner Herr Baron von und zu. – Diese Aufklärung der Deutschen, dieser Spott mit dem Adelwesen führt in wenigen Jahrzehnten weiter als du glaubst. Ich hoffe aber, ist der Geburtsadel bei euch null, wird der Gemütsadel sich wieder gültig machen.«

Die Baronin, um ihren Säugling in Ruhe zu bringen und mein Zimmer zu ordnen, verließ uns mit den Kindern. Olivier führte mich durch seinen Garten, dessen Beete mit den schönsten Blumen gefüllt waren. Um einen Springbrunnen standen auf hohen Sockeln von schwarzem Gestein weiße marmorne Brustbilder mit goldenen Unterschriften. Ich las da: Sokrates, Cincinnatus, Columbus, Luther, Bartholomeo des las Casas, Rousseau, Franklin, Peter der Große.

»Ich sehe, du liebst noch gute Gesellschaft!« sagte ich: »Kann man unter den Lebendigen Liebenswürdigere finden, als dein niedliches Weib mit den beiden Amoretten, und unter den Toten Ehrwürdigere, als diese da?«

»Hast du an meinem guten Geschmack gezweifelt?« antwortete Olivier.

»Das eben nicht; aber, Olivier, du ziehst dich doch, höre ich, von aller Welt sonst zurück!« versetzt' ich.

»Eben weil ich nur gute Gesellschaft liebe, die nirgend weniger in Europa daheim ist, als in der Gesellschaft von gutem Ton.«

»Doch wirst du zugeben, lieber Olivier, daß auch außer Flyeln noch gute Gesellschaft möglich sei.«

»Allerdings, Norbert, nur möchte ich keine Jahre und Geldsummen verschwenden, um sie zu suchen. Laß uns davon abbrechen. Ihr Europäer seid von der heiligen Einfalt der Natur, wie im Wichtigsten, so im Geringsten, so ungeheuer abgewichen, seit Jahrtausenden zu solchen verkünstelten Tieren verartet, daß euch die Unnatur zur vollen Natur geworden ist, und ihr einen schlichten Menschen gar nicht mehr versteht. Ihr seid Zerrbilder des menschlichen Geschlechts geworden, von außen und von innen, daß einem gesunden Wesen mitten unter euch grauen muß. Nein, du ehrlicher Norbert, brechen wir davon ab. Du würdest mich gar nicht verstehen, wenn ich redete. Ich schätze dich, ich liebe dich, ich bedaure dich.«

»Bedauern? Warum das?«

»Weil du unter Narren lebst, und wider dein Wissen mit Narr sein mußt.«

Mit diesen Worten Oliviers merkte ich, daß er zu seiner fixen Idee überging. Es ward mir sehr unheimlich bei ihm. Ich wollte ihn auf andere Gegenstände leiten, sah ängstlich umher, und fing an, da mir eben sein Bart wieder auffiel, seinen Bart zu loben, und wie er ihm so wohl stehe. »Seit wann läßt du ihn wachsen?« fragte ich.

»Seit ich zur Vernunft zurückkehrte, und den Mut hatte, vernünftig zu sein. – Gefällt er dir also wirklich, Norbert? Warum trägst du ihn nicht auch?«

Ich zuckte die Achseln und sagte: »Wenn's allgemeine Sitte wäre, ich trüge ihn mit Freuden.«

»Da haben wir's! Weil also die Narrheit Sitte ist, die Natur mit dem Barbiermesser auch am Kinn des Mannes mit Stumpf und Stiel auszurotten, hast du nicht einmal den Mut, auch nur in dieser Kleinigkeit vernünftig zu sein. Diesen Schmuck des Mannes gab Mutter Natur so wenig vergebens, als die Locken des Hauptes. Aber der Mensch in seinem Wahnsinn bildete sich ein, weiser als der Schöpfer zu sein, und schmierte sich Seife ums Kinn, und glättete es mit dem Messer. So lange die Nationen nicht ganz von der Natur abgefallen waren, behielten sie noch den Bart bei. Trotz dem, daß ihn noch Christus und die Apostel trugen, erklärte ihn erst Papst Gregor VII in den Bann. Und doch behielten ihn die Geistlichen am längsten bei, wie heut noch die Kapuziner. Aber als alte Gecken begannen, sich ihres grauen Haares zu schämen, fingen sie an, es am Kinn zu vertilgen und auf dem Kopf unter Perücken zu verstecken. Weil man sich gegenseitig in Allem zu belügen gewohnt war, suchte man sich auch um das Alter zu belügen. Greise hüpften mit blonden Haupthaaren und glattem Kinn, wie weibische Jünglinge, und das machte auch ihre Gemütsart weibischer. Und alle andern folgten, weil sie zur Wahrheit keinen Mut hatten. Stelle mir neben die Heldengestalt eines Achilles, Alexander oder Julius Cäsar einen unserer heutigen Generalfeldmarschall-Lieutenants in ihrer geschmacklosen Uniform; einen unserer Elegants mit dickem Halstuch und Zierbengel im Tanzmeister-Schritt neben einen Antinous; dich, Herr Geheimerat von Norbert, neben einen Senator des alten Griechenlands oder Roms, muß man da nicht über unsere Karikaturen aus vollem Halse lachen?« –

»Du hast Recht, Olivier!« sagte ich verlegen, »und wer wird leugnen, daß die altrömische oder griechische Tracht edler, als die unsrige sei? Allein bei uns im Norden, wir Europäer, immer der fest anschließenden Kleider gewohnt und bedürftig, würden uns bei dem malerischen Faltenwurf der Orientalen und Südländer etwas unbehaglich fühlen.«

»Sieh mich an, Norbert!« sagte Olivier lächelnd, stellte sich vor mich hin, drückte das Barett auf seinem Kopf ein wenig seitwärts, stemmte keck die linke Hand auf seine Hüfte und sagte: »Ich, Nordländer, in meiner anschließenden, bequemen und einfachen Tracht, würd' ich neben einem altrömischen Bürger so gar übel stehen? Warum gefällt uns noch immer die spanische, italienische und deutsche Tracht des Mittelalters? Weil sie, obwohl nordisch, schön ist. Ein österreichischer Reiter im Helm, selbst der Husar, wurden heut noch dem Blick Julius Cäsars gefallen. Warum, ihr andern steifen Herren, folget ihr nicht dem Bessern nach, wie unsere Frauenzimmer schon begonnen haben, seit sie die Schleppen und gepuderten Toupés ablegten? Würdet ihr euch einmal schämen, von außen Karikaturen zu sein, vielleicht würdet ihr dann auch von innen aufs Natürlichere kommen. Es liegt etwas Wahres in dem Sprichwort: Kleider machen Leute. Und ich sage dir, Norbert, meine Amalia hat mich hübscher gefunden, seit ich den Bartwuchs nur leicht mit der Schere mir stutzte, aber nicht vertilgte; ja, ich glaube, es ist seitdem in ihrer Zuneigung etwas Inbrünstigeres erregt, seit sie ihre Wange nicht mehr an ein glattes Weibergesicht, sondern an das männliche lehnt. Denn das Weib will den männlichen Mann!«

Indem Olivier so sprach, war er ganz Feuer. Er stand in der Tat da vor mir, wie ein kräftiges Heldengebilde aus frühern Jahrhunderten, wie aus einem alten Gemälde lebendig hervorgegangen, wie einer aus einer Welt, die nicht mehr unsere Welt ist, und die wir nur bewundern, aber nicht wieder herstellen können.

»Wahrhaftig, du könntest mich«, sagte ich zu ihm, »zum ehrlichen Bart bekehren, und ich gewänne dabei noch, daß ich allwöchentlich dreimal der Folter des Bartscherers entginge.«

»Freund«, rief Olivier lachend, »dabei könnte es nicht bleiben! Der Bart zieht viel anderes nach sich. Denke dir deine Figur im krausen Bart, und dazu den dreieckigten Schnabelhut auf dem Kopf, wie ein Jude; das gepuderte Haupt mit dem Rattenschwänzlein im Nacken; und den französischen Frack mit lächerlichen Rockschößen, die dir hinten wie ein Bachstelzen- oder Schwalbenschwanz stehen. Fort mit den Narrheiten! Kleide dich bescheiden, schamhaft, warm, bequem, aber geschmackvoll, daß es auch dem Auge wohl tut, und die erhabene Menschengestalt nicht verzerre. Alles Zwecklose verbanne! Eben das Zwecklose ist das Unvernünftige, eben das Unvernünftige ist das Unnatürliche!«

Als wir noch über diesen Gegenstand unsern Wortwechsel fortsetzten, ließ uns die Baronin durch einen Diener zum Mittagessen rufen. Ich ging neben Olivier schweigend hin, und hatte den Kopf voller Gedanken, die ich leider nicht aussprechen durfte. Es war mir ganz wunderlich zu Mut, und ich mußte den Baron ein paarmal seitwärts ansehen. In meinem Leben war mir's nicht geworden, einen Narren so philosophieren zu hören. Ich war auch gar nicht im Stande gewesen, seinen Bemerkungen über die europäische Kleidertracht gründliche Einwendungen entgegenzustellen. Was er sagte, schien mir richtig und wahr. Hier ließ sich mit Recht anwenden: Kinder und Narren reden die Wahrheit.

Das Gastmahl

Bei Oliviers Vorliebe zu den alten Römern und den homerischen Griechen ward ich auf dem Hingang zum Schlosse ein wenig um den Ausgang des Gastmahls bekümmert. Denn von seinem Barett, Bart und übrigen Anzug zu schließen, konnte ich nichts anderes, als eine für mich höchst unbequeme Haltung am Tisch erwarten, daß ich entweder altrömisch auf Polstern der Länge nach hingelagert, oder wohl gar schneidermäßig, auf gut orientalisch, die Beine kreuzweis untereinander geschlagen, die Suppe zu mir nehmen müsse.

Die liebenswürdige Baronin kam uns entgegen, und führte uns ins Speisezimmer. Meine Sorge ward sogleich durch den Anblick europäischer Tische und Stühle gehoben. Es waren zwölf Gedecke auf dem runden Tische. Die Gäste fanden sich auch bald ein; es waren Mägde, Knechte, Schreiber des Barons. Ein artiges junges Stubenmädchen blieb ohne Stuhl und bediente, als Hebe, beim patriarchalischen Mahle. Der Baron verrichtete, ehe wir uns setzten, ein kurzes Gebet. Dann ging's zur kräftigen Suppe. Die Speisen waren vortrefflich zubereitet, doch einfach. Ich bemerkte nur, daß außer dem Wein alle Gerichte aus Erzeugnissen des eigenen Bodens und benachbarten Meeres bestanden; daß auch sogar alle fremde Gewürze fehlten, selbst der Pfeffer, deren Stelle Salz, Kümmel, Fenchel u. s. w. einnehmen mußten.

Die Unterhaltung war heiter und allgemein; sie betraf meistens ländliche Geschäfte oder Ereignisse der Umgebungen von Flyeln. Die Leute betrugen sich in Gegenwart ihrer Herrschaft weder blöde noch unbescheiden, sondern mit vielem Anstand. Ich kam mir unter diesen hübschen bärtigen Männern in ihrer schlichten Tracht, mit ihrem brüderlichen und doch ehrerbietigen Du, – ich möchte fast sagen etwas albern, oder lächerlich vor, und saß da mit meinem Puderkopf, steifem Zöpfchen, Frack und geglättetem Kinn mitten in Europa, wie in einem fremden Weltteil. Es war mir recht wohltuend, daß, so sehr ich auch von Allen abstach, und so häufig mir auch zwischen dem Du, besonders wenn ich damit die reizende Baronin anreden sollte, ein Sie durchschlüpfte, doch Niemand zum Lachen gereizt ward.

Nach einer halben Stunde ließ uns die Dienerschaft allein; wir drei andern aber pflogen des Mahles und wurden beim alten goldenen Rheinwein traulicher im Gespräch.

»Ich sah dir's wohl an«, sagte die Baronin lächelnd zu mir, indem sie einige Leckereien von Backwerk aufstellte, »du vermissest in Flyeln die Hamburger oder Berliner Küche.«

»Und ich sehe es meiner liebenswürdigen Freundin an«, versetzte ich, »daß ich der Küche von Flyeln noch das gebührende Lob schuldig geblieben bin, das ich selbst auf Unkosten der Berliner und Hamburger Küche zollen kann, ohne eine Schmeichelei erborgen zu müssen. Nein, ich bekenne dir, zum ersten Mal in meinem Leben lernte ich bewundern, welch eine leckere Kost unser heimatlicher Boden aufrichten kann, und wie leicht wir sogar der sogenannten Molukken entbehren können!«

»Setze hinzu, Freund Norbert«, sagte Olivier, »und mit den Molukken auch die fremden Reize unserer Nerven und die fremden Laster, die sich aus dem überreizten oder abgereizten Nerven im krankhaften Leib entwickeln. Ohne gesundes Fleisch und Blut kein gesunder Sinn und Mut! Die meisten Europäer sind heut zu Tage Selbstmörder, Leibes- und Seelenmörder zugleich, vermittelst ihrer Kochkünste. Was eure Rousseau's und Pestalozzi's gut machen wollen, tötet ihr wieder mit Kaffee, Tee, Pfeffer, Muskatnüssen, Zimmet. Lebet einfach, lebet natürlich, und ihr könnet zwei Drittel eurer Predigten, Moralbücher, Zuchthäuser und Apotheken ersparen.«

»Ich geb' es zu«, sagte ich, »und man wußte das schon längst; allein...«

»Nun denn!« rief er: »eben darin besteht die bis jetzt heillose Narrheit der Europäer. Sie wissen das Bessere und meiden es; sie verabscheuen das Schlechtere und suchen es. Sie vergiften ihre Speisen und Getränke mit teuern Giften und halten Doktoren und Apotheker, sich wieder erholen zu können, um die Vergiftung zu erneuern. Sie befördern die vorschnelle Reife der Knaben und Mädchen, und jammern hintennach erschrocken über deren verwilderte Triebe. Sie ermuntern durch Gesetze und Belohnungen, ohne es zu wollen, das Sittenverderben, und strafen es hintennach mit Galgen und Schwert. Sind sie nicht allesamt den Irrenhäuslern gleich?«

»Aber, lieber Olivier, das war doch wohl von jeher so?«

»Ja, Norbert, von jeher, das heißt, so bald und so oft die Menschen sich einen Schritt weiter von der Natur entfernten zur Barbarei herüber. Wir aber, durch den Schaden der Väter endlich gewarnt, sollen nicht nur wissensreicher, als sie, sondern auch weiser sein. Wozu sonst unser Wissen? Denjenigen achte ich für den Vernünftigsten, welcher mit der Unschuld und Lebensreinheit der Naturkinder die mannigfaltige Kenntnis und Geistesbildung der Neuern vereinen kann. Gibst du dies zu, Norbert?«

»Wie sollt' ich nicht?«

»Wie, du gibst es zu? Und machst in deinem Hause und in deinem Innern nicht den Anfang des Bessern?«

»Es könnte doch unter gewissen Umständen möglich werden. Indessen bekenne ich dir, Olivier, wir Kunstmenschen, so gut, wie je die einfachsten Naturmenschen, hangen in den schwer zerbrechlichen Banden der Gewohnheit. Unser gekünsteltes Sein ist an sich selbst schon wieder eine Art Natur geworden, die wir nicht ungestraft plötzlich ablegen können.«

»Vormals dacht' ich gleich dir, Norbert. Ich habe mich des Gegenteils aus Erfahrung überzeugt. Es gehörte nur ein einziger schwerer Augenblick dazu, ein starkes Herz, den ersten Kampf zu bestehen mit der Raserei der Welt, um zur Glückseligkeit und Ruhe durchzubrechen. Ich schwankte lange, aber ich kämpfte lange vergebens. Ein bloßer Zufall entschied, und der entschied mein Glück, und das Glück meiner sämtlichen Angehörigen.«

»Und dieser Zufall? Erzähle mir auch den!« sagt' ich, denn ich war begierig, das kennen zu lernen, was unmittelbar auf Gemüt und Verstand meines Freundes so mächtig hingewirkt hatte, ihn zu den seltsamsten Grillen und zu der schwärmerhaftesten Lebens- und Handlungweise überzulocken.

Er stand auf und verließ uns.

»Nicht so, lieber Norbert«, sagte die Baronin, indem sie mich eine Weile schweigend anblickte, und es lag in dem zärtlichen Lächeln ihres Auges eine tiefe Frage an mein Herz: »du fühlst Mitleiden mit meinem Manne?«

»Nur mit den Unglücklichen, nicht mit den Glücklichen, sollen wir Mitleiden haben!« versetzte ich ausweichend.

»Vielleicht weißt du's, er ist verabscheut von seinen Verwandten, verachtet von seinen ehemaligen Bekannten, und wird von aller Welt als ein Verrückter behandelt.«

»Liebenswürdige Freundin, vielleicht einiges abgerechnet, was mir wohl Übertreibung scheint, die mit kluger Umsicht zu meiden wäre, um nicht anstößig zu werden, – dies abgerechnet, bekenne ich, fand ich bisher an Olivier nichts, was des Abscheues oder der Verachtung wert wäre. Doch ich kenne ihn noch viel zu wenig.«

»Lieber Freund«, fuhr sie fort, »und gilt dir die Stimme der öffentlichen Meinung nichts?«

»Wenigstens noch über meinen Olivier nichts«, erwiderte ich, »denn ich weiß gar wohl, daß die öffentliche Meinung Jerusalems einst zur Kreuzigung der Unschuld rief, daß die öffentliche Meinung Völkerverwüster groß nannte; daß sie Weise für Wahnsinnige hielt, und Priester der Torheit und Üppigkeit mit dem Beinamen der Göttlichen schmückte.«

»Ich freue mich!« sagte die Baronin mit einiger Lebhaftigkeit: »du wirst meinen Olivier liebgewinnen; du bist ein edler Mann, seiner Freundschaft würdig. Glaube mir, Olivier ist ein Engel, und man stößt ihn von der menschlichen Gesellschaft aus, wie einen Verbrecher oder Tollhäusler.«

Als wir noch so mit einander redeten, trat Olivier wieder zu uns. Er trug in der Hand ein kleines Buch. Mit dem warf er sich in seinen Sessel und sprach: »Sieh hier des Zufalls oder der himmlischen Vorsehung Werkzeug zu meiner Genesung von der Schwäche und zum Erwachen vom Wahnsinn. Es ist ein unbedeutendes Buch, der Verfasser ungenannt und unbekannt; es sagt viel Gemeines und Alltägliches, aber es hat zwischenein ganz unerwartete Lichtblicke. Selbst der Titel »Träumereien eines Menschenfreundes« verspricht nicht viel. Ich fand es eines Tages, da ich noch in Garnison lag, auf dem Tische eines Bekannten, und steckte es zu mir, um allenfalls etwas lesen zu können, da ich mich im freien Grünen vor den Stadttoren ein wenig ergehen wollte. Als ich draußen im breiten Schatten eines Ahorns lag und über mancherlei Verkehrtheiten des Lebens ärgerlich war, wie ich sie aus den neuesten Zeitungen wieder kennen gelernt hatte, schlug ich mein Buch auf, und es fiel mir ein Abschnitt mit der Aufschrift in die Hände: Fragment aus der Reisebeschreibung des jüngern Pytheas nach Thule.«

»Laß hören«, sagte ich, »was der alte Grieche aus Massilia von unserm Norden zu erzählen weiß. Er soll Zeitgenosse des Aristoteles gewesen sein.«

Er las:

Fragmente aus der Reisebeschreibung des jüngern Pytheas nach Thule. (Aus dem Griechischen.)

– – – Ich rede aber die Wahrheit, o Freunde, wenn schon sie auch unglaubhaft scheinen wird. Doch bedenket, daß in jenen rauhen Gegenden des Nordens die Natur selbst den Menschen durch unfreundliche Härte von sich zurückdrängt, und durch Versagungen zwingt, mancherlei Erfindungen zu machen, um das Leben erträglicher zu stellen. Denn dessen bedürfen wir in unserm Vaterlande nicht, wo die Natur gütiger gegen die Sterblichen ist, und wir Winters und Sommers im Freien wohnen, und was zur Fristung und Anmut des Daseins nötig ist, ohne Mühe gewinnen. Jene aber, die in Strenge eines halbjährigen Winters seufzen, müssen darauf sinnen, wie sie in geheizten Häusern einen künstlichen Sommer erschaffen. Und weil sie von der Natur zurückgestoßen und in sich selbst hineingebannt sind, werden sie mehr, denn wir, zur Beschäftigung des Geistes mit eiteln Träumen, schönen Entwürfen, die sie nie ausführen, und zur Erforschung alles Wissenswerten hingetrieben. Daher sind sie kenntnisreich und in allerlei Dingen vielwissend, die weder zur Weisheit und Glückseligkeit nützen, und schreiben sie große Bücher von den nichtswürdigsten Sachen, die bei uns weder geachtet, noch kaum dem Namen nach bekannt sind. Ja sie haben dafür besondere Schulen und Lehrstühle errichtet. – –

– Aber die Witterung ist auf jener mitternächtlichen Seite der Welt also beschaffen, daß Wärme und Frost, Tage und Nächte von einem Äußersten zum andern Äußersten übergehen, daß kaum ein angenehmer Mittelstand eintritt, welcher dem Geiste und dem Leibe zuträglich ist. Denn in ihren Sommern leiden sie eben so große Hitze, als in ihren Wintern von oft tödlicher Kälte; eine Hälfte des Jahres haben ihre Tage fast eine Länge von achtzehn Stunden und in der andern Hälfte kaum die Länge von sechs Stunden. Eben so unstet und ausschweifend ist auch daselbst das Gemüt des Menschen, und veränderlich wie ihre Witterung. Festigkeit der Denkart und des Willens gebricht fast allen. Sie haben von Jahr zu Jahr neue Kleidertrachten, neue Dichtungsarten und neue Weltweisheiten. Diejenigen, welche gestern die Tyrannei stürzten, begeben sich, nachdem sie das Glück der Freiheit mit dem Munde priesen und mit dem Leben mißbrauchten, morgen freiwillig in die Knechtschaft zurück. – –

– Also ist bei jenen Barbaren die größte Ungleichheit in allen Dingen. Ein Teil des Volkes, aus wenigen Familien bestehend, besitzet jede Bequemlichkeit und den größten Reichtum, und schwelget im Übermaße; aber weitaus die Mehrheit ist arm und von der Gunst der Reichen in großer Abhängigkeit. Eben so sind zwar Einzelne im Besitze aller Schätze des Wissens, aber die Menge des Volks wohnt in der unglaublichen Finsternis der Unwissenheit. Sowohl Fürsten als Priester finden solche Unwissenheit für ihr eigenes Ansehen zuträglich und halten den Pöbel in derselben fest, welcher dazu ohnehin durch Armut und Trägheit geneigt ist. Daher liebt der Pöbel bei jenen Völkern die gewohnte Weise seiner Vorfahren in allen Gebräuchen, Einrichtungen und übrigen Dingen, welche den Geist betreffen, und ist nur in Sachen körperlichen Genusses zur Veränderlichkeit geneigt. Doch pflichtet er jeder Neuerung bei, sie möge gerecht oder ungerecht sein, wenn sie ihm Geld oder häuslichen Gewinn bringt. Denn Geld und hitziges Getränk geht bei jenen Barbaren über Gewohnheit, Ehre und Gottesfurcht.

Bei den Völkern in Thule ist die Freiheit unbekannt, und welche sie vor Zeiten besessen haben mögen, die ist ihnen nach und nach durch Gewalt oder Schlauheit der Großen genommen worden. Sie werden von Königen beherrscht, welche vorgeben, sie seien Söhne der Götter, und die Könige und ihre Satrapen werden eben so oft von Beischläferinnen oder Lieblingen beherrscht, als von ihren Ratgebern. Das Volk ist in erbliche Kasten geteilt, wie bei Indern und Ägyptern. Zur ersten Kaste gehören die Könige selbst und ihre Kinder. Zur zweiten gehören die Großen, deren Kinder beim

Kriegsheer und im Staat, auch beim Altar der Gottheiten die vornehmsten Ämter verwalten, ohne Rücksicht auf ihre Würdigkeit. Denn was unglaublich für uns ist, das ist bei jenen Barbaren ein Herkommen, daß die Kaste oder die Geburt höher geachtet wird, als alles andere Verdienst. In der dritten Kaste leben die geringen Beamten, die Handwerker, Kaufleute, gemeinen Krieger, die Hirten und Ackerleute, desgleichen die Künstler, Gelehrten und gemeinen Priester. In der vierten Kaste sind die Leibeigenen oder Sklaven, welche man wie anderes Hausvieh verkaufen oder verschenken kann. Bei einigen Völkerschaften, die ihre erste Rohheit schon zum Teil abgelegt haben, fehlt jedoch schon die vierte und letzte von den Kasten; eben so findet man einzelne Völkerschaften, wo gute Fürsten, welche die Gewalttätigkeit ihrer Großen erkannten, keine Gesetze mehr geben, als mit Einstimmung eines Senats, aus den verschiedenen Kasten des Volks gewählt.

Die Könige in den Ländern von Thule leben untereinander in fast immerwährender Feindschaft und Beargwohnung. Die Schwächern sind nur sicher durch den gegenseitigem Neid der Stärkern. Wo aber die Stärkern solche Eifersucht unter sich verlieren, fallen sie die schwächern Staaten, unter schlecht ersonnenen Vorwänden, mit Krieg an, und verteilen sie unter sich. Dafür lassen sie sich den Titel der Gerechten, der Väter des Vaterlandes, oder der Helden beilegen, wie denn dergleichen eitle Beinamen überall und von jeher bei den Barbaren beliebt gewesen sind. So oft aber die untere Kaste in irgend einem Lande, Gebrauch machend von bessern Einsichten, sich gegen die unmäßigen Vorzüge der obern Kasten auflehnt, setzen alle Fürsten und höhere Kasten der übrigen Reiche ihre besondern Streitigkeiten beiseite, und vereinigen sich zur Herstellung der vorigen Ordnung auf fremdem Boden, oft auf eine sehr uneigennützige Weise. Ein solcher Krieg wird bei den Barbaren immer als ein heiliger angesehen, weil sie glauben, daß die Könige und die Rangordnung der Kasten von den Göttern selbst eingesetzt worden seien.

Unter allen öffentlichen Ausgaben ist diejenige zur Unterhaltung der Pracht an den Höfen die größte, und nächst dieser ist die Ausgabe für das Heer, selbst in Friedenszeiten, die wichtigste. Für den Unterricht des Volks, für den Landbau und alles, was die Glückseligkeit der Menschen befördert, wird das Wenigste gegeben. In den meisten Ländern von Thule, wo die gewerbtreibende Kaste die zahlreichsten Pflichten und die wenigsten Rechte hat, muß diese durch Abgaben fast allgemein den Aufwand und die Bedürfnisse des gemeinen Wesens befriedigen.

Was die Religion dieser Barbaren betrifft, behaupten sie alle, von einer und derselben zu sein, und alle rühmen sich ein und desselben Urhebers ihrer Lehre. Allein die Arten ihres Gottesdienstes sind mannigfaltig verschieden, so wie die Meinungen über die Person ihres Religionsstifters. Deswegen feinden sich die Parteien mit großer Erbitterung an, und verfolgen und verachten sich. Im Ganzen findet man bei allen Parteien vielen Aberglauben, den aber die Priester selbst befördern. Vom höchsten Wesen haben sie unwürdige Vorstellungen, denn sie eignen ihm sogar menschliche Leidenschaften zu. Und wenn die Könige ihre Völker gegen einander in den Krieg führen, wird auf beiden Seiten den Priestern geheißen, das höchste Wesen anzurufen, die Gegner zu verderben. Nach erfochtenem Siege danken sie dem höchsten Wesen für das ihren Feinden gestiftete Verderben.

Ihre meisten Geschichtbücher verdienen kaum gelesen zu werden; denn dieselben enthalten gewöhnlich keine Nachrichten von den Nationen, sondern nur von ihren Königen und deren Heiraten, Erbfolgen, Kriegen und Gewalttaten. Die Namen der nützlichsten Erfinder und Wohltäter werden kaum berührt, aber die Namen der verwüstenden Feldherrn stehen überall voran, gleichsam als wenn sie die wahrhaften Wohltäter des menschlichen Geschlechtes wären. Auch sind die Geschichten dieser Völker, wegen ihrer von den unsrigen abweichenden Sitten, schwer zu verstehen. Denn bei ihnen ist weder zu allen Zeiten, noch auch zu einer und derselben Zeit, in allen Ständen einerlei Begriff von Ehre oder Tugend zu finden. In den höhern Kasten kann Unzucht, Ehebruch, Verschwendung, Spielwut, Mißbrauch der Gewalt löblich genannt werden, oder als anmutige Schwäche erscheinen, was in den untern Kasten als Laster oder Verbrechen mit Tod und Kerker bestraft wird. Wider Betrug und Diebstahl hat das Gesetz für die untern Kasten die härtesten Bußen angeordnet; wenn aber ein Großer mit anständiger Klugheit das Land betrügt, und sich auf Kosten seines Fürsten bereichert, wird er sehr häufig in Ehren erhöhet oder mit Gnadengehalten entlassen. Gleichwie in Tugenden und Lastern, ist es auch in der Ehre gehalten. Die Mitglieder der obern Kasten bedürfen keiner andern Ehre, als ihrer Geburt, alle Vorzüge zu verdienen; die Wenigsten in den untern Kasten können nur selten durch Tugenden dem Ansehen jener Günstlinge des Zufalls gleichkommen. Die Ehre aber, welche durch Zufall der Geburt entsteht, kann eben so zufällig durch ein bloßes Schimpfwort vernichtet werden. Noch seltsamer ist die Art ihrer Wiederherstellung. Der, welcher mit einem Wort die Ehre verletzt hat, und der, welchem sie verletzt worden ist, begegnen sich nach vorgeschriebenen Ordnungen wie Rasende mit Waffen, und suchen einander zu verwunden. Sobald nun eine Wunde oder der Tod beigebracht worden ist, gleichviel welchem von beiden, glauben sie aufrichtig, die Ehre sei wieder hergestellt.

Übrigens haben die Barbaren mit einander gemein, daß sie insgesamt auf Gewinn erpicht sind, und dafür ihr Leben, wie ihre Tugend, wagen. Es gehört zu den Seltenheiten, welche Erstaunen oder Gelächter erregen, wenn einer dem andern unentgeltlich arbeitet, oder sein Hab und Gut dem Wohl des gemeinen Wesens aufopfert. – Sie reden übrigens viel von edeln Gesinnungen und großmütigen Handlungen; doch sieht man dieselben nur auf den Schaubühnen unbespottet erscheinen. Die Einwohner von Thule gleichen aber fast alle den Schauspielern, und sie haben in der Kunst, etwas anderes vorzustellen, als sie sind, große Fertigkeit. Keiner von ihnen spricht leicht gegen andere so wie er denkt. Daher nennen sie Menschenkenntnis die schwerste Kunst, und Lebensklugheit die höchste Weisheit.

Inzwischen können sie sich doch nicht so sehr verbergen, daß man nicht ihre Schalkheit oder ihre Unbehilflichkeit erkennen sollte. Denn weil sie mit der menschlichen Vernunft im beständigen Widerspruch leben, anders lehren und anders handeln, anders empfinden und anders reden, und zu ihren Zwecken oft die widersinnigsten Mittel wählen, wird ihre Rohheit offenbar. Um zum Ackerbau zu ermuntern, belasten sie den Landmann mit den schwersten Abgaben und der größten Geringschätzung; um den Verkehr und Handel zu spornen, errichten sie zahlreiche Zollstätten und Warenverbote; um fehlbare Menschen zu strafen und zu verbessern, sperren sie dieselben in öffentliche Zwanghäuser zusammen, wo sich die Verdorbenen gegenseitig mit ihren Lastern noch mehr vergiften, und von wo sie als vollendete Verbrecher wieder in die Gesellschaft der Menschen zurückkehren; um ihres gesunden Leibes zu pflegen, verkehren sie die Ordnung des Lebens: einige wachen in der Nacht und schlafen am Tage; andere zerstören die Säfte ihre Leibes mit hitzigen Getränken und Gewürzen, die sie um große Summen aus Indien erkaufen, also daß kaum eine arme Haushaltung zu finden ist, welche sich mit der Frucht ihres Feldes oder ihrer Herde begnügt, ohne nicht Getränke aus Arabien oder Gewürze aus Indien und Fische aus entfernten Meeren hinzuzutun.

Die Wirkung der Fragmente des jüngern Pytheas

Hier endete Olivier die Vorlesung. Er sah mich mit fragenden Blicken an.

Lächelnd sagte ich: »Man muß gestehen, der Ton darin ist gut gehalten. Ungefähr so würde einer der alten griechischen Weisen von den barbarischen Nationen Asiens seiner Zeit gesprochen haben, wenn er sie besucht hätte. Recht brav! Selbst der edeln Steifheit der Schreibart merkt man an, daß diese Fragmente nur Übersetzung sind. Indessen glaube ich doch nicht an ihre Echtheit. Wir haben nichts von Pytheas, meines Wissens, als...«

Es unterbrach mich Olivier mit unmäßigen Gelächter, und rief: »O du armer Norbert, du Kind des achtzehnten Jahrhunderts, der du immer nur an der Oberfläche und Schale der Dinge herumtastest und den Kern darüber vergissest, der du immer mit dem Schein zu schaffen hast, und nicht in das Wesen dringest, siehst du und hörst du denn nicht, daß du selbst ein Bürger von Thule bist? – Was? Asien? Nein, so würde ein Weiser der griechischen Vorwelt von euch Europäern geredet haben, wenn er euch zu seiner Zeit hätte besuchen können!«

»Du hast Recht, Olivier; du ließest mich nur nicht zu Ende kommen. Ich wollte noch hinzusetzen, es sind diese Fragmente eine Art lettres persannes. Die Rede ist von uns. Die treffende Wahrheit ist unverkennbar.«

»Ich verstehe dich nur halb, dich Kunstmenschen. Nicht so, du beurteilst die Kunst des Verfassers, ob er die Wahrheit getroffen habe? Oder meinst du, die Wahrheit habe dich getroffen?«

»Beides! Doch auf dich, lieber Olivier, machte sie schmerzlichere Eindrücke, wie du vorhin erzähltest, du lagest mit diesem Buche im Schatten eines Ahorns. Erzähle weiter.«

»Gut da lag ich. Wie ich die Fragmente gelesen hatte, warf ich das Buch von mir, sank mit dem Haupte ins Gras zurück, starrte über mir in die dunkle Bläue des ewigen Himmels hinaus, hinaus in die Tiefen des nirgends umuferten Weltalls, und dachte Gott den Alleserfüllenden, Alles mit Liebe und Herrlichkeit Durchdringenden;

und dachte an die Ewigkeit meines Daseins in dieser Unendlichkeit; und verstand in dem Augenblick dieser erhabenen Vorstellungen viele Worte Christi besser, des Wiederoffenbarers der göttlichen Verhältnisse unserer Geister: In unsers Vaters Haus sind viele Wohnungen. Wenn ihr nicht werdet wie die unschuldigen, natürlichen Kindlein. Wer mein Jünger sein will, der verleugne die Torheiten der heutigen Welt, und nehme mein Kreuz mutig auf sich. – Und ich sah die Göttlichkeit Christi nie heller als damals. Ich dachte an die Entartungen des Menschengeschlechts, wie dasselbe von Jahrtausend zu Jahrtausend aus der Wahrheit, Einfalt und Seligkeit der Natur immer weiter abgeirrt war zum tierischen, verkünstelten, wahnsinnigen, schmerzensvollen Leben. Ich flog in meinen Gedanken zurück in die Urwelt, zu den ersten Völkern, zu den einfachen Denkweisen der hohen Alten. Ich seufzte, ich fühlte Tränen in meinen Augen. Ich ward in meinen Gedanken wieder ein einfaches Gotteskind. Warum kann ich nicht wahr fühlen, wahr denken, wahr reden, wahr handeln wie Jesus Christus? Kann ich die Fesseln des Gewohnten abstreifen? Was hindert mich, als dumme Scheu, unter Wahnsinnigen, unter verkehrten Barbaren ein Vernünftiger, ein Gottesmensch zu sein? So sprach ich. In meiner Einbildung war ich's nun schon. Ich schloß die Augen. Ich empfand eine unaussprechliche Seligkeit, von der in ihrer Vertierung sich quälenden Welt, mit Gott, mit der Natur, dem Weltall, der Ewigkeit, wieder versöhnt und eins zu sein. So lag ich lange; denn als ich die Augen öffnete, war die Sonne verschwunden und das Abendrot umschwamm und vergoldete Alles. Ich wähnte in einer andern Welt zu atmen.«

»Ich kenne diese heiligen Zustände!« sagte die Baronin.

»Da ich mich erhob, um in die Stadt zurückzukehren«, fuhr Olivier fort, »und meine Uniform an mir erblickte, durchzuckte es mich wie ein Blitz. Ekelhaft lag die Welt mit allen ihren Torheiten, mit allen ihren Widersinnigkeiten vor mir da; nie heller sah ich den gräßlichen Abfall der Menschheit von dem Ewigen, Wahren und Heiligen, als in jenem Augenblick. Ich erkannte, daß Sokrates, lebte er heut', noch einmal den Giftbecher trinken müßte; daß Christus, lebte er heut' in unsern Städten, in jeder Stadt sein Jerusalem wieder finden, und von den christlichen Sekten einstimmig zum Kreuz geführt, von den Fürsten als Feind der alten guten Ordnung, als

Volksverführer, als Schwärmer verurteilt werden müßte. – Ich schauderte. Da fragte ich mich im Gehen mit lauter Stimme: Hast du Mut? – Der feste Wille durchdrang mich. Ich antwortete mit lauter Stimme: Ich habe Mut. Es soll sein. Ich will vernünftig werden, erfolge daraus, was wolle.

Am andern Morgen – ich hatte einen erquickenden Schlaf getan und fast Alles, was ich den Abend vorher gedacht, vergessen – fiel mir dies Buch wieder in die Augen. Ich erinnerte mich meines Entschlusses wieder. Nun erkannte ich das Gefährliche meines Wagstücks. Ich ward schwankend. Und doch mußte ich die Wahrheit meiner gestrigen Überzeugungen anerkennen. Wer mein Jünger sein will, soll alles verleugnen. Ich durchdachte meine häuslichen und öffentlichen Verhältnisse. Ich kam mir vor, wie der reiche Jüngling im Evangelium, der traurig von Christo schied. Da fragte ich mich wieder: Hast du Mut? – Und mit lauter Stimme antwortete ich: den will ich haben.« – Und so beschloß ich von Stund an vernünftig zu handeln, im Kleinsten wie im Wichtigsten. Nur den ersten Schritt getan und den Hohn der Menschen nicht geachtet, wird jeder folgende Schritt leicht.«

»Ich zittere für dich, du edler Schwärmer!« rief ich und drückte ihm die Hand: »Nicht so, du erzählst mir doch den Ausgang deines Wagstücks?«

»Warum nicht? Aber so etwas muß im Freien geschehen, unterm Himmel, unter den Bäumen, im Anblick des weiten Meeres!« sagte Olivier: »Denn, lieber Norbert, in der Stube, zwischen Wänden und Mauern sieht manches vernünftig aus, was in der freien Natur, wo sich die Seele gleichsam in das große, reine All auflöset, gar hirngespinstisch und träumerisch erscheint. Und umgekehrt findet man draußen in den Umgebungen der Gottesschöpfung, wo das Ewige und Wahre bleibend steht, daß manches vollkommen richtig sei, was inner den Wänden einer Wohnstube voller häuslichen Rücksichten, oder inner den Wänden eines philosophischen Lehrsaales, eines Audienzzimmers, eines Ballsaals, eines prunkvollen Gesellschaftszimmers, wie überspanntes Wesen, wie Albernheit, wie Schwärmerei oder Verrücktheit erscheint. Also komm' ins Freie!«

Er nahm mich beim Arm. Die Baronin ging zu ihren Kindern. Olivier führte mich durch den Garten auf einen Hügel, wo wir im

Schatten eines Felsen lagerten. Über uns schwammen im weiten Luftmeer die zarten Zweige der Birken; unter uns die blitzenden Wogen des Ozeans ins Unendliche.

Olivier erzählte dann ungefähr folgendermaßen:

Oliviers Erzählung

Das Schicksal begünstigte mich eben damals, als es mit meiner Vernunft zum Durchbruch kam, ganz vorzüglich. Mein Vater, dessen Vermögensumstände durch unmäßigen Aufwand zerrüttet worden waren, hatte mir nach seinem Tode nur ein mäßiges Erbteil hinterlassen. Allein ich hatte die Aussicht, nach dem Tode meines Oheims ein sehr stattlicher Gutsbesitzer zu werden. Diese Aussichten waren aller Welt bekannt. Dazu kam noch, daß ich mit der Baronesse von Mooser, der Tochter des Kammerpräsidenten, verlobt worden. Sie war eine der ersten Partien im Lande, wie man so etwas zu nennen pflegte, das heißt, sie war sehr hübsch, sehr reich und Nichte des Kriegsministers. Die Heirat wurde von meinen Verwandten und dem alten Oheim eingefädelt; ich mußte, dem Lauf der Welt gemäß, einwilligen. Nur die Kränklichkeit meines Oheims, der bei mir Vaterstelle vertrat, verzögerte die Vermählung. Major war ich schon; bei der nächsten Beförderung sollte ich Oberstlieutenant werden. In ein paar Jahren konnte mir das Regiment nicht fehlen.

So standen die Sachen zu jener Zeit. Ich fand nun freilich, nach meiner Genesung zur Vernunft, daß die Sachen widerlich standen. Es ward mir unbehaglich, daß ich freier Mann mein Dasein durch Verwandte, an ein Mädchen, wegen Geldes, Herkunft und Protektionen hatte verkoppeln lassen, ohne zu wissen, ob das Mädchen mit seinen Eigenheiten, Ansichten, Fehlern und Neigungen zu mir gehören könne? Die Baronesse war allerdings hübsch und gut, allein nicht um ein Haar anders, wie Frauenzimmer von eben solcher Erziehung sind und sein können: gutmütig von Natur, aber durch Verkünstelung eitel, lebenslustig, leichtsinnig, stolz auf Verwandtschaft, auf Rang, auf Schönheit, witzig, und witzig auf Unkosten des Besten in der Welt; in allem mehr französisch, als deutsch. Ob sie mich wirklich ein wenig liebe, wußte ich nicht; daß ich für sie nicht mehr, als für jedes andere gebildete und hübsche Frauenzimmer fühlte, das wußte ich.

Ein Brief durch Eilboten forderte mich zu meinem kränklichen Oheim. Ich erhielt Urlaub vom General; schied von meiner Verlobten und ihren Eltern und reisete zum Oheim. Als ich ankam, war er schon gestorben und begraben. Ein alter Verwalter übergab mir die Schlüssel zu den Schränken, und das Testament. Ich entrichtete die wenigen kleinen Legate an die Dienerschaft, zog den Verwalter in mein Geheimnis, und erklärte mich öffentlich ganz arm, alles Vermögen meines Oheims unermeßlich verschuldet.

So kehrte ich in meine Garnison zurück und machte mein Märchen bekannt. Es war mir nur darum zu tun, die Denkart meiner Verlobten zu prüfen, und ob sie Mut genug haben werde, an meiner Seite der Welt zu entsagen und zu werden, wie ich. – Um die Sache noch auffallender zu machen, verkaufte ich alles, was ich entbehren konnte, um meine Schulden in der Stadt zu bezahlen, denn ich hatte deren in der Tat, alte und neue, eine ziemliche Menge. Meine Kameraden lachten mich aus, und besonders wenn ich vorgab, es sei mir darum zu tun, wenigstens ein ehrlicher Mann zu bleiben. Selbst der Kammerpräsident und seine Gemahlin rieten mir's ab: ich müsse keinen Eklat machen, ich blamiere mich und ihr Haus, ich gebe mir und ihnen ein Ridicule u. s. w.

Ich blieb bei meinem Sinn: Redlichkeit gehe über Glanz, und Armut sei keine Schande. Wer viel entbehren könne, sei reich. – Diese Redensarten, wie man es nannte, gefielen am allerwenigsten der Baronesse. Ihre Eltern gaben mir zu verstehen, ihr Kind sei an gewisse Aisances gewöhnt, sie selbst wären nicht reich genug, schon während ihres Lebens mir und der Tochter ein anständiges Sort zu machen. Kurz, nach wenigen Tagen traute man ganz unumwunden meinem eigenen Zartgefühl zu, daß ich die Verbindung freiwillig aufgeben werde. Ich nahm gar keinen Anstand, es zu tun, und zu erklären, ich fände es billig, weil hier keine Wahl tugendhafter oder liebender Herzen, sondern nur eine Übereinkunft und gegenseitige Geldabrechnung der Verwandten stattgefunden habe.

Meine vorgebliche Armut hatte aber noch ganz andere Wirkungen guter Art; nämlich die alten Freunde und lustigen Brüder suchten mich weniger auf. Doch tat mir's wohl, daß mich einige ihrer Hochachtung noch immer wert hielten. Die meisten wurden kälter und seltener. Also mit dem Gelde hatte ich für sie das höhere Interesse verloren. Desto besser! dachte ich: und desto wahrer darfst du reden und sein.

Ich hatte, und das war vorauszusehen, mit der Wahrheit so wenig Glück, wie jeder Andere vor mir. Seit einigen Wintern pflegte ich dem Offizierkorps Vorlesungen über wissenschaftliche Gegenstände zu halten. Ich war noch jetzt daran, sprach nun aber frei mein Inneres aus. Als ich aber mit folgenden Sätzen hervortrat: Jeder Krieg, der nicht für Unabhängigkeit und Sicherheit des Vaterlandes gegen fremde Unterdrücker geführt werde, sondern für persönliche Launen des Fürsten, Intrigen der Minister, Ehrgeiz der Höfe, um zu erobern, um sich in die Angelegenheiten anderer Völker zu mengen, um eine bloße Rache zu üben, sei ungerecht; stehende Heere seien die Plage der Länder, der Ruin der Finanzen, die Kerkerknechte des Despotismus, wo der Fürst Despot sein wolle; – der Soldat sei Bürger; – der Erb- und Briefadel heut Unsinn, der nur unter Wilden und Barbaren eine Art Sinn gehabt habe; – ich hoffe noch die Zeit zu erleben, daß alle Könige Europens durch ein Konkordat sich über Aufhebung der ungeheuren Zahl stehender Heere verständigen, und hinwieder alle waffenfähigen Bürger zu Soldaten machen werden; – Duellanten gehören ins Irren- oder Zuchthaus: – als ich mit diesen oder ähnlichen Sätzen hervortrat und ihre Richtigkeit erwies, an welcher der gesunde Menschenverstand nicht zweifeln könne, wurden mir die Vorlesungen verboten, und der General gab mir einen derben Verweis. Ich widersprach und bekam Arrest.

Das alles tat mir nicht weh; denn ich hatte es erwartet. Doch überall vollstreckt' ich meine Pflicht. Seit der Ungnade, in die ich beim General gefallen war, fingen auch die bessern Offiziere an, sich von mir zurückzuziehen. Man lachte und spöttelte viel über mich. Einige der witzigsten hielten mich für verrückt und meinten, das sei die Folge des Schreckens, den ich bei meiner vereitelten Hoffnung auf die große Erbschaft gehabt haben sollte. Bald ward ich so verlassen, daß selbst mein bisheriger Bedienter nicht mehr bei mir bleiben wollte, weil ich mich und ihn mit zu karger Kost nährte, den Kaffee abschaffte, selten Wein nahm, und ihm statt der bisherigen reichen Livree eine einfache, bequeme Tracht machen lassen wollte, ungefähr wie die, in der du mich jetzt siehst.

Dagegen erhielt ich zu derselben Zeit einen Brief, der mir für Alles Ersatz bot. Ich hatte nämlich vor Jahren ein armes Bettlermädchen weinend vor der Scheuer eines Bauernhauses gefunden. In der

Scheuer lag auf Heu die Mutter des Mädchens sterbend, in Lumpen. Ich erfuhr von dem sterbenden Weibe, das selbst noch sehr jung war, es sei aus dem südlichen Deutschland, von armen aber rechtschaffenen Eltern, in den Dienst einer reichen Herrschaft getreten, dort vom Sohn des Hauses verführt, dann mit einem Stück Geld aus dem Hause gewiesen worden, habe nach ihrer Entbindung Dienst gesucht, aber wegen des Kindes nirgends langen Unterhalt gefunden, sei immer umhergestrichen, habe zuletzt nur von Almosen gelebt, und könne nun für ihre Tochter nichts als beten. – Ich lief in das Bauernhaus, um ihr Erfrischungen zu kaufen, denn der Bauer hatte ihr kaum den Ruheplatz in der Scheuer gestatten wollen. Als ich zurückkam zu ihr, lag sie schon entseelt auf dem Heu, und das Mädchen jammernd über dem Leichnam der Mutter. Ich tröstete die Kleine, so gut ich konnte; bestritt die Begräbniskosten der Verstorbenen, und schickte das verwaiste Mädchen, welches nicht einmal den Geschlechtsnamen seiner Mutter kannte, besser gekleidet in eine weibliche Erziehungsanstalt nach Rastrow. Es hieß Amalia, ich gab ihm zum Almosen noch den Beinamen Scheuer, nach dem Fundort.

Nun eben, da Alles von mir wich, erhielt ich aus der Anstalt Rastrow von dieser Amalia Scheuer einen Brief, der noch jetzt zu meinen Kleinodien gehört. Du sollst ihn lesen. Er rührte mich damals zu Tränen. Der Inhalt davon war ungefähr: Sie habe mein Unglück vernommen, und glaube, nun ihrem Vater, so pflegte sie mich zu nennen, nicht länger zur Last sein zu müssen. Sie werde suchen, als Erzieherin in einem guten Hause, oder durch Stickerei, Putzmachen, Unterrichten im Klavierspiel, oder auf irgend eine Art ihren Unterhalt selbst zu erwerben. Ich möge für sie unbekümmert sein; nun sei die Reihe an ihr, Kummer für mich zu haben. Du mußt den Brief selbst lesen mit den schönen Ausbrüchen von Dankbarkeit. Es ist die Abspiegelung der frömmsten, reinsten Seele. Sie bat noch um Erlaubnis, ein einziges Mal ihren Wohltäter zu sehen, dessen Bild ihr nur dunkel im Gedächtnis schwebe seit dem Todestag ihrer Mutter. – Ich schrieb ihr zurück, lobte ihre Gesinnungen, aber versicherte, sie habe nicht Ursache, sich zu übereilen; ich würde für sie sorgen, bis sie einen angenehmen Platz habe.

Eines Tages, da ich von der Wachtparade zurückgekommen, ward an die Tür meines Zimmers gepocht. Ein unbekanntes Frauenzimmer trat herein, ein liebliches Gesicht. Lilien und Pfirsichblüten mischten die Farben im Strauße nie schöner, als auf diesem Antlitz unter einer Lockenfülle des Haares. Sie fragte mit Erröten und zitternder Stimme nach mir; dann fiel sie in Tränen zerfließend nieder, umarmte meine Knie, und da ich erstaunt sie aufrichten wollte, bedeckte sie meine Hand mit ihren Küssen. Was mir ahnete, bestätigte endlich ihr Ruf: »O mein Vater! o mein Vater! o mein Schutzgeist!« Ich beschwor sie, aufzustehen. Sie bat mich, sie in dieser längst ersehnten Stellung verharren zu lassen, und sagte: »Ach, ich bin so selig, daß mein Herz bricht!«

Es währte lange, ehe sie sich erholte und aufstand. Dann schloß ich sie an mein Herz, drückte einen Kuß auf ihre helle Stirn, und befahl ihr, mich als Vater zu betrachten und Du zu heißen. Sie gehorchte. Aber mir hatte der väterliche Kuß etwas die Sinne verwirrt. Sie war in einem Gasthof abgetreten. Dort ließ ich sie einige Tage; aber diese Tage waren genug, über mein Wesen zu entscheiden. Als Amalia in ihre Anstalt zurückreisen wollte, gab ich ihr den Rat, in einer bürgerlichen Wohnung der Stadt zu bleiben, und Stickereien um Geld zu unternehmen. Es war mir zu schwer, mich von ihr zu trennen. Aber ihr verraten, daß ich reich sei, wollte ich auch nicht. Ich mußte sie prüfen. Ich mietete ihr einige Zimmer, nahm eine Magd zu ihrem Dienst, versorgte sie mit Flügel, Harfe, Büchern, nach wenigen Tagen auch mit Aufträgen zu Stickereiarbeiten, die ich freilich alle auf eigene Kosten machen ließ, aber vorgab, sie kämen von fremder Hand. Ich besuchte sie wöchentlich nur ein- oder zweimal, um Aufsehen und üble Deutung zu meiden.

Jeder Besuch war mir ein Fest. Du kannst dir's denken, wie süß es mich durchdrang, zu wissen, es lebe unterm Monde ein Wesen, das mir Alles schuldig sei, das keinem zugehöre in der Welt, als mir, das von meiner Fürsorge Alles erwarte: und dies Wesen sei von allem, was die Natur mir jemals Schönes, Frommes, Edles gewiesen, das Auserlesenste. – Amaliens Schönheit und demütiger Stand waren bald in der Stadt kein Geheimnis. Sie zog die Blicke auf sich. Man sprach mir davon, und ich verhehlte nicht, daß ich ihr Pflegevater sei, und sie ein armes Kind von unehelicher Geburt. Man brachte ihr bald Arbeiten über Arbeiten, denn ich hatte ihr untersagt, je in ein fremdes Haus zu gehen. Frauenzimmer kamen zu ihr, weniger der Stickereien wegen, als die vielgepriesene Anmut des Mädchens in der Nähe zu sehen.

Eines Tages, da ich Amalie besuchte, hörte ich, indem ich vor der Tür ihres Zimmers stand, daß sie mit einem Mann in heftigem Wortwechsel war. Ich erkannte die Stimme meines Oberstlieutenants. Als ich die Tür öffnete, wollte er ihr einen Kuß rauben. Ich warf ihm sein unanständiges Betragen vor, und da er Umstände machte, flog er unter meinen Händen zur Tür hinaus, die Treppe hinab. Er glaubte, ich habe seine Ehre beschädigt, und forderte mich zum Duell. Ich wies ihn mit seiner Narrheit ab. Das Korps der Offiziere drohte, nicht mehr neben mir dienen zu wollen, weil ich ein Feiger wäre. Das war ich nicht, ging auf den bestimmten Kampfplatz wehrlos, und sagte dem Narren, wenn er Lust habe zum Meuchelmord, so gebe ich ihm Erlaubnis dazu. Jetzt schimpften er und die Offiziere pöbelhaft. Sie glaubten, nach ihren barbarischen Vorstellungen, damit sei meine Ehre tödlich verwundet, wenn sie sich selbst durch Pöbelei entehrten. Ich fragte sie dagegen, ob Gassenbuben, die einen achtbaren Mann auf der Straße mit Kot bewürfen, dadurch achtbar, hinwieder der achtbare Mann dadurch zum Gassenbube würde?

Am andern Morgen bei der Parade übergab mir ganz unerwartet mit zierlicher Rede der General einen vom Hofe erteilten Orden. Dieser war noch Spätfrucht meiner ehemaligen Verbindungen mit der Baronesse von Mooser, und das Werk ihres Oheims, des Kriegsministers. Ich konnte das Bändlein, nach meinen Begriffen von Verdiensten, gar nicht annehmen. Und hätte ich wirklich ein Verdienst um den Staat gehabt, würde ich mich geschämt haben, die Belobung desselben alle Tage prahlerisch mit mir umherzuschleppen. – Meine standhafte Weigerung, das Läppchen mit dem Sternlein anzunehmen, war in den Jahrbüchern der Monarchie unerhört. Meine Äußerung: Pflicht und Tugend lassen sich nicht belohnen, sondern nur anerkennen; aber auch nicht anerkannt, tue der Biedermann seine Pflicht; am wenigsten lasse er sich zwingen, vor andern Leuten mit dem, was er geleistet, groß zu tun: – diese Äußerung galt für Jakobinerei und Unsinn. Der General ward wütend. Nun traten die Offiziere wegen ihrer, wie sie meinten, schadhaft gewordenen Ehre auf. Ich bekam Verhaft, und nach wenigen Wochen Abschied vom Regiment.

Deß war ich wohl zufrieden. Jetzt kleidete ich mich bürgerlich, wie ich wollte; eben nicht nach der herrschenden welschen Mode, aber bescheiden, bequem, naturgemäßer, wie du uns hier alle in Flyeln siehst. Die Leute sperrten die Augen auf und hielten mich für närrisch, und das um so mehr, als sie erfuhren, ich sei nichts weniger denn arm, sondern einer der begütertsten Männer des Landes. Nur Amalie wußte, warum ich so handle. Ich hatte sie mit meinen Ansichten der heutigen Welt vertraut gemacht und mit meinen Grundsätzen. Sie selbst ein Naturkind, einfach und geistvoll, billigte meinen Sinn und lebte ganz in demselben. Freilich auf Malchens Urteile konnte ich nicht stolz sein, denn es waren nur meine eigenen. Sie dachte, sie empfand nichts, als was ich; ihr Wesen war aufgelöst in dem meinigen. Ihre ehrfurchtsvolle, töchterliche Liebe war ohne ihr Wissen in die reinste, schamvollste und innigste der Jungfrau übergegangen, und ich freilich schien mir selbst für die Vaterrolle etwas zu jung.

Als ich eines Tages ihr davon sprach, daß ich auf meine Güter zurückzugehen gedenke, bat sie, mir folgen zu dürfen; sie wäre glücklich, mir dort als Magd dienen zu dürfen. Und als ich stockend sagte, ich gedenke mich zu vermählen, senkte sie mit gefalteten Händen ihr Haupt, und sie sprach: »Desto besser, deine Gemahlin wird keine getreuere Dienerin finden, als mich.« – »Aber«, sagte ich, »meine künftige Gemahlin denkt schon jetzt nicht so vorteilhaft von dir, als du verdientest.« – »Was habe ich bei ihr schon verschuldet?« antwortete sie mir mit aufgehobenem Antlitz und allem Stolz der Unschuld. »Zeige mir deine Braut, ich werde um ihre Huld und Achtung werben.« – Ich führte Malchen vor den großen Spiegel des Zimmers, zeigte hinein und sagte stammelnd: »da siehst du sie.« – Sie machte bei diesen Worten eine Bewegung des Schreckens, sah mich erblassend mit ihren großen, blauen Augen an, worin eine Frage erstarb, und sagte dann zitternd: »mir ist nicht wohl!« sie sank totenhaft nieder. Ich rief der Magd. Ich war vom Entsetzen gelähmt.

Als Amalia genas und sich nach dem Schlummer der Ohnmacht ihre Wangen färbten, und sie die Augen aufschlug, war ihr Erstes ein sanftes Lächeln gegen mich, dann Verwunderung über meinen und der beschäftigten Magd Kummer. Erst allmählich kehrten ihr Erinnerungen zurück. Sie glaubte geschlafen zu haben. Ich wagte kaum von dem Vorgefallenen zu reden. Als wir wieder allein waren, sagte ich: »Amalia, warum erschrakst du vor dem Spiegel? Warum darfst du nicht meine Braut sein? Rede offen, ich bin gefaßt, Alles zu hören.« – Sie errötete, war lange stumm, den Blick am Boden. – »Warum darfst du nicht?« fragte ich noch einmal. Da seufzte sie und sah zum Himmel: »Dürfen? o Gott, dürfen! Was darf ich noch anders, als was du willst? Kann ich denn selig sein, kann ich denn atmen, ohne dich? Ob deine Magd, ob deine Braut, alles eins, denn ich habe nur eine Liebe für dich.«

Während ich in den Vorhallen des Himmels lebte, war die Stadt vor Erstaunen außer sich; waren meine Verwandten väterlicher und mütterlicher Seits in Grausen und Verzweiflung, als ich die nahe Vermählung mit Amalien ankündete. Ein Freiherr, aus altadelichem Geschlecht, dessen Altvordern im Dienst der Könige die höchsten Würden bekleidet hatten, ein turnier- und stiftsfähiger Baron des Landes, mit den ersten Familien des Landes blutsverwandt, geht die heilloseste Mesalliance ein, nicht einmal mit einer Briefadelichen, nicht einmal mit einer vornehmen Bürgerlichen, nicht einmal mit einer ehrlichen Handwerkerstochter, nein, mit einem Bettelmädchen von unehelicher Abkunft! – Man schrieb mir Drohbriefe aus meiner ganzen Verwandtschaft, man werde sich meiner öffentlich schämen, mich von künftigen Erbschaftsfällen ausstoßen, mich durch Verwendungen beim allerhöchsten Ort zu zwingen wissen. Es kam alles zu spät, denn nach vierzehn Tagen schon war mir Amalia förmlich vor dem Altar angetraut worden.

Was soll ich dir von den Torheiten erzählen, welche die Menschen, behaftet mit ihren Vorurteilen, begannen, sobald ich's darauf anlegte, als ehrlicher, natürlicher Mensch zu leben, streng, der Wahrheit gemäß, mit Verbannung aller Schnörkeleien, aller Tanzmeisterhöflichkeiten, aller Ausländereien, aller sogenannten Konvenienzen, ohne jedoch deswegen ein würdiges und anständiges Betragen aus den Augen zu setzen. Mein einfaches Du, mit dem ich Jeden anredete und von Jedem angeredet zu werden bat, schreckte sogleich Jeden von mir, als wäre ich mit Pestbeulen bedeckt. Mein Bart wurde zum Gespötte; mein freundliches Grußerwidern ohne spießbürgerliches Hutabziehen auf den Gassen zur ungeheuern Grobheit. Ich ließ mich nicht irre machen. Einmal mußte Bahn gebrochen werden. Ich wollte sehen, ob es im neunzehnten Jahrhundert erlaubt sei, in einer europäischen Stadt mit Wegwerfung aller Schnurren, aller verschrobenen Begriffe über Ehre, Sittlichkeit, Recht, Anständigkeit, aller Lächerlichkeiten von Titulaturen und Komplimenten, die nichts sagen, zu leben? Weit entfernt, Jemanden durch irgend eine Unart zu kränken, Jemandem wegen seines Vorurteils, seines Wahns, seiner moralischen Verzerrung Vorwürfe zu machen, ward ich gefälliger gegen Jeden. Ich suchte die Menschen, von welchen ich äußerlich so sehr verschieden war, wie ich es längst schon in meinem Innern gewesen, durch Güte, durch Wohltun mit mir zu versöhnen. Es war fruchtlos.

Ich begab mich auf meine Güter hierher nach Flyeln. Ich fand Vergnügen daran, mit meinen Angehörigen bekannt und vertraut zu werden. Sie waren damals Halbwilde; sie waren Leibeigene. Sie krochen vor ihrem Erbherrn sklavisch. Keiner konnte lesen und schreiben. Sie waren träg und unsittlich. Faulenzen, Saufen, Raufen schien ihr Himmel. Aberglaube war ihre Religion; tote, abgöttische Werkheiligkeit ihre Religiosität; und Betrug und Lug ihre Klugheit. Ich beschloß, aus diesem Vieh Menschen zu machen. Ich ließ die Gefängnisse verbessern, und ein großes Schulhaus bauen; ich und Amalia besuchten alle Hütten; es waren kotige Ställe. Ich gebot, bei schwerer Strafe, die strengste Reinlichkeit. Wer nicht gehorchte, kam in den Kerker, hinwieder den Gehorsamen beschenkte ich zur Aufmunterung mit Tischen, Spiegeln, Sesseln und anderm Hausgerät. Bald war alles in den Häusern wohlgeordnet und sauber. Ich verbot Kartenspiel, Branntewein, Kaffee, Rauferei, Fluchen und Schwören u. s. w. Wer fehlte, ward herbe gezüchtigt, wer gehorchte und einen Monat lang nie Ursache zum Tadel gab, dem entließ ich Frondienste. Ich gab dem alten Pfarrer einen Gnadengehalt; wählte einen jungen, gelehrten, trefflichen Geistlichen, der ganz in meine Idee eintrat, an die Stelle des vorigen; ernannte einen im wechselseitigen Unterricht geübten, in der Schweiz bei Pestalozzi erzogenen Jüngling zum Schulmeister mit gutem Gehalt, und vollendete mit diesen beiden Gehilfen die Reformation. Ich selbst hielt wöchentlich zweimal Schule, aber mit erwachsenen Jünglingen und jungen Männern; der Pfarrer mit den ältern Männern und Greisen; Amalia mit den Jungfrauen; des Pfarrers Frau mit den Müttern. Ich ließ alle Kinder neu kleiden auf meine Kosten, so wie du sie noch jetzt siehst. Auf unsere Kosten änderte Amalia die ungestalte Tracht der Mädchen.

Schule und Gefängnis wirkten; noch mehr der Eigennutz. Sich bei mir einzuschmeicheln, ließen die jungen Männer den Bart wachsen. Ich verbot das den Leibeigenen; nur den Freien war erlaubt, den Bart zu tragen. Sklaven mußten geschoren gehen. Ich tat die Pforte zur Freiheit auf. Wer seine Felder nach meiner Vorschrift am besten baute, erhielt dieselben Ende Jahrs gegen geringen, doch loskäuflichen Bodenzins, zum Eigentum und dazu Befreiung vom Frondienst. Wer im zweiten Jahr der Sparsamste, Fleißigste, Verständigste war, empfing seine Freiheit, sein Haus eigen, einen Vorschuß an Geld, ein Ehrenkleid, nach meiner Tracht gemodelt, er durfte den Bart wachsen lassen. Schon am Ende des ersten Jahrs hatte ich Anlaß und Recht, ja sogar Verpflichtung, mehrere ausgezeichnete Familien frei zu sprechen; sie gehörten schon vor meiner Ankunft zu den bessern. Dies erweckte bei Vielen Neid, bei Allen Anstrengung zur Nacheiferung, um so mehr, da ich von den Freien im Gericht an Gerichtstagen zu mir sitzen und sie über die Fehlbaren mitrichten ließ. Die Beisitzer des Gerichts wurden aus der Mitte der Freien von ihnen selbst erwählt.

Während ich mich hier um die übrige Welt wenig bekümmerte, bekümmerte sich diese desto mehr um mich. Ganz unerwartet erschien auf ministeriellen Befehl, den meine Verwandten bewirkt hatten, eine außerordentliche Kommission, meine Gesundheits- und Vermögensumstände zu untersuchen. Man hatte mich für wahnsinnig ausgeschrien und als verschwende ich mein gesamtes Vermögen auf die tollste Weise. Die Herren der Kommission taten sich ein paar Monate lang gütlich. Ich weiß nicht, welchen Bericht sie abgestattet haben, aber vermutlich, weil ich vergaß, ihnen Gold in die Hand zu drücken, den unvorteilhaftesten. Denn ohne Rücksicht auf meine Beschwerden und Rechtsverwahrungen ward ich wie ein Blödsinniger behandelt, und auf meine Güter eingebannt. Es wurde mir ein Administrator meines Vermögens zugesandt, der zugleich mein Betragen beobachten, und jeden Besuch von Fremden abhalten mußte. Zum Glück war der Administrator ein rechtschaffener und nicht unverständiger Mann; darum wurden wir bald einig und Freunde. Als er meine Rechnungen durchgesehen hatte, erstaunte der gute Mann über die Strenge der Ökonomie, und begriff, daß ich

durch diese und durch das allmähliche Auflösen der Leibeigen-
schaft und der Frondienste eher gewänne, als verlöre. Aus langer
Weile half er mir selbst bei den Vermenschlichungsversuchen meiner Sklaven. Er hatte dabei noch einige gute Einfälle, wie z. B., daß
die Freigelassenen fünf Jahre lang Rechnung von ihren Ausgaben
und Einnahmen vor Gericht ablegen mußten, um versichert zu sein,
daß sie sich nicht verschlimmerten und heimlich nachlässig würden. Der gute Mann ward zuletzt ganz begeistert von unserer Flyeler Wirtschaft, denn er sah, wie von den wohlberechneten Schritten
selten einer ganz vergebens getan war. Schon im zweiten Jahr meines Hierseins zeichneten sich die Landleute in unsern Ortschaften
vor allen der ganzen Gegend durch Häuslichkeit und Kenntnis und
Ehrbarkeit aus. Man hieß sie anderwärts nur Herrnhuter, und in
den benachbarten Dörfern glaubt man noch heutiges Tages, die
Flyeler hätten eine andere Religion angenommen.

Der Administrator und Vormund fand meine Ansicht der Welt in
den Hauptsachen vollkommen richtig. Er wünschte sogar, daß man
allgemein auf Vereinfachung und größere Wahrhaftigkeit in Sitte,
Wandel und Leben zurückkommen möchte. Nur der Bart war ihm
zuwider; seinen steifen Zopf im Nacken und den Puder im Haar
verteidigte er auf Tod und Leben; auch das Du war ihm anstößig,
und er konnte es gegen Amalien und mich, trotz aller Anstrengung,
nicht über die Lippen hervordrängen. Inzwischen hatte sein Bericht
über mich, nach dem ersten Jahr seiner Administration, und nachdem er über die Gesamtverwaltung meines Vermögens an die Re-
gierung die befriedigendsten Aufschlüsse gegeben hatte, die gute
Folge, daß ich wieder in die Selbstadministration eingesetzt wurde,
doch aber mit einstweiliger Verpflichtung, jährlich davon Rechen-
schaft abzulegen. Das war das Werk meiner Verwandten. Denn sie
ließen sich nicht ausreden, ich habe einen guten Teil des gesunden
Menschenverstandes verloren, obgleich mich mein bisheriger Vormund nur für einen wunderlichen Sonderling hatte geltend machen
wollen. Eben deswegen, und damit ich durch meine neuerungs-
süchtigen Irreden, nämlich durch mein unverhohlenes Aussprechen
dessen, was Natur und Vernunft gutheißen, kein Ärgernis gebe,
ward mir verboten, mich ohne besondere höchste Erlaubnis über
die Grenzen meiner Güter hinauszubegeben, das heißt, das große

europäische Narrenhospital nicht zu besuchen, sondern es bloß aus den Zeitungen kennen zu lernen. Dabei konnte ich nur gewinnen.

Es sind nun beinahe fünf Jahre, daß ich hier in meiner glückseligen Einsamkeit wohne. Gehe hinaus, betrachte meine Felder und die Felder unserer Bauern, und unsere Waldungen, unsere Herden und Wohnungen! Du wirst einen aufblühenden, vorher hier nie gekannten Wohlstand erblicken. Alle meine Leibeigenen sind frei. Ein einziger Trunkenbold und ein anderer träger, roher Kerl schienen unverbesserlich. Der Trunkenbold starb. Den andern bekehrten weder Hoffnungen noch Strafen. Als aber alle Flyeler den Bart trugen, und er und der Pfarrer nur allein glattkinnig gingen, machte das auf den Kerl eine wunderbare Wirkung. Denn auch der Pfarrer wagte es endlich, den Bart stehen zu lassen. So blieb der Leibeigene allein der Geschorene. Das konnte er nicht ertragen. Er besserte sich, um unter ehrlichen Leuten ehrlich zu sein.

Den guten Pfarrer kostete sein Bart beim Konsistorium vielen Verdruß. Umsonst bewies er, daß der Bart nicht für und wider den wahren Glauben sei; umsonst berief er sich auf die heiligen Männer des alten und neuen Bundes; umsonst zeigte er, daß er, indem er sich seiner Gemeinde in allem gleich mache, am besten wirken könne; daß er eben dadurch wirklich einen für unverbesserlich gehaltenen Menschen im bisherigen Lebenswandel geändert habe. Der Bart gab zu vielen Konsistorialverhandlungen Anlaß. Erst nachdem mein Pfarrer ärztliche Zeugnisse beibrachte, daß er, sonst immer vom Zahnweh leidend, nur durch den Bart gegen diese Not geschützt sei, ward ihm derselbe, seiner Gesundheit willen, doch unter Beschränkungen, gestattet.

Ich bestelle jetzt nicht nur mit meinen freien Leuten das Dorfgericht, sondern habe ihnen auch das Recht erteilt, sich unmittelbare Vorsteher zu ihrer Gemeindsverwaltung zu wählen. Ihr Ehrgefühl ist geweckt; sie fühlen ihre Menschenwürde. Von Zeit zu Zeit speisen ausgezeichnet wackere Leute an meinem Tische mit ihren Frauen. Ich bin ihres Gleichen. Die Gleichförmigkeit der Kleidertracht stellt eine gewisse Vertraulichkeit her, ohne die Ehrfurcht zu schwächen. Vor alten Leuten müssen die Kinder aufstehen und das Haupt entblößen; aber keiner entblößt vor seines Gleichen das Haupt. Jede erwiesene boshafte Lüge gehört bei uns zu den Verbrechen, wie der Diebstahl. Die Leute, nun sie sich selbst richten, sind strenger, als ich es ehemals war. Ich muß ihre Urteile oft mildern. Unsere Schulen sind brav. Die fähigern Knaben lernen auch Geschichte der Welt, Kenntnis der Erde und ihrer Länder und Völker, Feldmeßkunst und etwas vom Bauwesen. In der Kirche haben wir schönen vierstimmigen Gesang und Andacht.

Doch, lieber Norbert, besser, du bleibst einige Tage bei uns, und siehst selber; kannst du, so verweile einige Wochen.

Das Gespräch auf der Höhe von Flyeln

So erzählte Olivier.

Ich berge es nicht, alles, was er mir gesagt hatte, alles, was ich in Flyeln gesehen hatte, machte großen Eindruck auf mich. Ich bewunderte seinen Starkmut, seinen wohltätigen Schöpfergeist, und bemitleidete sein Los, in solchem Grade verkannt zu werden, als er es war.

Es gehörte gar nicht die Überredungsgabe meines Freundes, gar nicht die zauberische Schmeichelei in den Bitten der schönen Baronin dazu, um mich zur Verlängerung meines Aufenthalts in dieser herrlichen Oase zu bewegen. Ja, ich muß dies Flyeln eine Oase nennen, eine blühende Insel in den Wüsten der umliegenden Gegenden. Denn hier, sobald man diesen Boden betritt, wenn man aus den teils sandigen, teils versumpften Landschaften der Umgebung, aus den weiten verwilderten Kieferwäldern, aus den ärmlichen, kotigen, unordentlichen Dörfern voller Baracken und verwahrloseter Menschen tritt, wird der Boden plötzlich grüner, der Mensch plötzlich menschlicher. Auch hier waren Baracken gewesen, und sie sind saubere Hütten geworden, in denen ich mit Vergnügen am Arm der Baronin Besuche machte; auch hier waren Moräste gewesen; man erkennt sie nur noch an den langen Gräben und unterirdischen, mit Steinen gefüllten, mit Erde überdeckten Wasserabzügen; auch hier waren Sklaven gewesen, die vor dem Oberherrn und noch mehr vor seinen Beamten zitterten und hinterrücks beide zu betrügen gewohnt waren; jetzt aber haben sie die aufrechte, kecke Stellung freier Menschen, sie sehen im Baron ihres Gleichen – aber mit welcher kindlichen Ehrfurcht und Liebe umringen sie jetzt ihn und die Seinigen! – Diese Umschaffungen im Zeitraum eines halben Jahrzehnts wären einem Wunder ähnlich, wenn man nicht wüßte, wie klug und fest Olivier dabei zu Werke ging, wie er nur sehr langsam aus der Rolle des gebieterischen Leibherrn zu der des Lehrers, dann des Vaters überging; wie er seine Bauern, hinter welche er die Furcht der Strafen als Treiber stellte, vorwärts lockte und kirrte durch ihren groben Eigennutz; wie er nie auf ihre Erkenntlichkeit, nie auf ihren öden Verstand, nie auf ihr sittliches oder religiöses Gefühl rechnete, sondern sie anfangs mehr bloß abrichtete, als unterrichtete, und dann auf die Stärke mehrjähriger, gewohnter Einübung zum Bessern hoffte und auf die nachwachsende Jugend. Daher übernahmen er und die Baronin, der Pfarrer und Schullehrer die Unterweisung Aller; daher kam es auch, daß die Beisitzer des Gerichts, daß die Vorsteher der Gemeinden meistens junge Leute von fünfundzwanzig bis dreißig Jahren waren; wenigstens erblickte ich keinen der alten Bauern unter ihnen.

Doch alles das gehört hierher nicht. Ich will ja nur das Los meines Freundes erzählen, nicht die Art und Weise, wie er seine Untertanen entwilderte oder seine unwirtbaren Schollen blühend machte.

Als mir Olivier seine Haushaltungsbücher vorwies und unwiderleglich zeigte, daß er, weit entfernt bei den vorgenommenen Änderungen an Einkünften zu verlieren, mehr gewinne, als sein verstorbener Oheim und jeder seiner Vorfahren bezogen hatte, warf er lächelnd das Wort hin: »Nun siehst du, Norbert, wo die Narrheit zu Hause ist, ob in Flyeln oder in der königlichen Residenz? Weil ich gewinne, werde ich als Verschwender behandelt, und muß jährlich fremden Menschen, die man mir zur Untersuchung meiner Rechnungen schickt, Blicke in das Innerste meines Hauswesens erlauben.«

» – Warum beklagst du dich nicht darüber? Es ist Ungerechtigkeit, es ist Gewalttat.«

»Meine Beschwerden würden eitel sein. Kein Gericht, sondern kurzweg ein Kabinettsbefehl, vom Ministerium ausgegangen, verdammte mich zu diesem Verhältnis. Die Sache ist nicht leicht abzustellen. Denn das Ministerium wird keinen Rückschritt tun wollen, weil es sich durch solchen selber fehlbar erklären müßte. Die jährlich kommende Untersuchungskommission wird dazu nicht raten, weil sie sonst das Vergnügen einer Lustreise und den Gewinn von Taggeldern, auf meine Kosten gezahlt, verlöre. Daß man mich hier auf das Gut meiner Vorfahren wie einen Gefangenen eingebannt, ist noch das Erträglichste. – Jetzt, Norbert, ehrlich, wie denkst du von Allem?«

» – Ich gestehe dir, Olivier, ich kam mit Vorurteil und Trauer zu dir; ich werde dich mit den angenehmsten Erinnerungen verlassen. Man hat dich überall für einen Wahnsinnigen ausgegeben. Der bist du nicht, sondern ich stimme deinem ehemaligen Administrator bei: du bist nur ein edler, wunderlicher Sonderling.«

»Sonderling? Nun ja, es ist der rechte Name für diejenigen, welche sich von dem Schlendrian und Unwesen ihres Zeitalters absondern. Diogenes von Sinope galt auch für einen Toren; Cato, der Censor bei den Römern, für einen Pedanten; Colomb ward auf den Straßen Madrids als Narr betrachtet; Olavides der Inquisition übergeben; Rousseau von den Bernern aus seinem Asyl verstoßen, so wie Pestalozzi anfangs von vielen seiner Landsleute zu den Halbnarren gezählt ward, weil er mit Bettlern und räudigen Kindern lieber, als mit der gepuderten Haarbeutelwelt umging. Und daß ihr mich einen Sonderling heißet, mich, der ich doch nur mein von Gott empfangenes Recht, vernünftig und naturgemäß zu denken, zu sprechen und zu handeln, nichts anderes, gültig mache, – ist das nicht ein herber Vorwurf gegen euch selbst?«

» – Nein, Olivier, kein Vorwurf, weder gegen die Welt, noch gegen dich. Niemand wehrt dir, vernünftig und natürlich zu denken und zu handeln; aber schone auch du die Rechte Anderer, nach ihren gegenwärtigen Begriffen, Gewohnheiten und selbst nach ihren Vorurteilen zu denken, zu sprechen, zu handeln, bis sie oder ihre Kinder einst weiser sind. Nicht alle Menschen können Philosophen sein.«

»Habe ich ihrer nicht geschont? Habe ich sie angegriffen?«

» – Allerdings, Freund, wenn du mir es zu sagen erlaubst. Indem du deine Sitten den allgemeinen Sitten zu grell gegenüberstelltest, brachst du den Frieden mit denen, unter welchen du lebtest, und wirktest du die Hälfte des Guten, was du wirken konntest, ja nicht einmal die Hälfte. Christus nahm Judäa's Sitte an, ließ sich herab zu Judäa's Vorurteilen, um mächtiger zu wirken. Was liegt am Ende an einer lächerlichen Mode, was daran, ob man den steifen Zopf oder das abgeschnittene Haar, den Bart oder das glatte Kinn trägt? Du kennst die Bedeutung des Sie im Deutschen, des Vous im Französischen. Nun ja, ich gebe zu, es sei töricht, eine Person in der mehrern Zahl anzureden. Aber was schadet diese Übung zuletzt? Redeten nicht auch Griechen und Römer von sich in der mehrern Zahl? Du kennst die Bedeutung des Sie im Deutschen und des Du. Warst du nun nicht angreifender Teil, wenn du dich über die herrschenden unschuldigen Übungen wegsetztest, und ohne Unterschied gegen die bisherigen Begriffe vom Anständigen, das Du jedem aufdrängst? Wer sich der Welt gegenüber stellt, dem steht sie gegenüber. Konntest du dich darüber wundern?«

»Ich wundere mich keineswegs, weil ich das erwartete. Führe mir nicht das Beispiel von Christus an, nach Weise derer, die alle ihre Trägheit und Schalkheit mit frommer Miene hinter verdrehten Schriftstellen der Bibel verstecken. Der Göttliche hatte mit seinen Zeitgenossen Höheres abzutun, als ich, darum schwieg er zu den mindern Torheiten; ich aber habe es mit diesen allein zu tun, und will wenigstens mich nicht zwingen lassen, Barbareien zu loben, zu entschuldigen, oder gar mitzumachen. So viel Recht wird dem Menschen auf Erden doch wohl noch unter Menschen gestattet sein, daß er Gebrauch von seinem schlichten Verstande mache?«

» – Freund, wie mir es scheint, hat man dir dies Recht nicht streitig machen wollen; wohl aber das Recht, durch unbehutsame Mitteilung deiner Überzeugungen, zumal wenn sie im offenen Streit mit noch bestehenden Ordnungen sind, gefährliche Verwirrungen zu veranlassen. Du selbst hast anfangs in Flyeln bei deinen Leibeigenen den gestrengen Grundherrn gespielt, hast sie nur nach und nach, je nachdem sie vorbereitet waren, zur Freiheit eingeführt, nicht jählings. Du wußtest wohl, daß es verderbenvoll sein würde, Kindern in die ungeübte Hand ein Messer zu legen, das in geübten Händen das nützlichste Werkzeug ist. Was würdest du gesagt haben, wenn einer deiner Leibeigenen plötzlich seinen Genossen die Sprache der Wahrheit von den ewigen Grundrechten der Menschheit, von der Barbarei und Ruchlosigkeit des Feudalwesens, von der natürlichen Gleichheit der Menschen geführt hätte? Würde dieser Reformator nicht alle deine edeln Entwürfe zerrissen haben?«

»Allerdings, Norbert. Aber ich hoffe, das Beispiel geht nicht mich und mein Tun an. Ich habe nie gegen bestehende Ordnungen geredet, auch wenn sie schlecht waren, sondern ich gab Gott, was Gottes ist, und dem Kaiser, was des Kaisers ist. Ich redete nur gegen bestehende Mißbräuche und Vorurteile, die nicht einmal durch bürgerliche oder Staatsverträge geheiligt sind. Gegen euer Undeutsch, gegen eure Maskeraden und heuchlerischen Komplimente, gegen euern naturwidrigen Luxus, gegen eure weibischen, hölzernen Verunstaltungen durch die welschen Moden, gegen eure Begriffe von Ehre und Schande, von Verdienst und Belohnung habe ich geredet, und nur verteidigungsweise für meine Person, wenn ihr Europäer mich nötigen wolltet, meine Rückkehr zur Vernunft zu verdammen, und mich zwingen wolltet, eurer Verkehrtheit zu gefallen, von der Natur wieder abtrünnig zu werden.«

» – Aber, Freund Olivier, deine Urteile über stehende Heere, über den Geburtsadel, über die unterdrückten Rechte der Nationen, über...«

»O Popoi, Freund Norbert! diese Sätze sind gottlob in Europa, als tote Wahrheiten, allgemein anerkannt. Man nennt sie in Thesi und in Theorien richtig, in Praxis irrig, und zwar aus triftigen Gründen. Ich habe nichts dagegen. Ich selbst, wäre ich Fürst oder Minister, würde mich wohl hüten, ehe ich ein philosophisches Volk hätte, Plato's Republik zu organisieren. Allein ich habe diese Sätze unter Freunden, unter meines Gleichen ausgesprochen, nicht sie dem Pöbel, zur Empörung, gepredigt. Ich tat, was heute Millionen in Schrift und mündlichem Wort tun. Ihr mußtet der halben Bevölkerung Europens den Kopf abschlagen, wenn ihr nicht wolltet, daß solche Sachen gedacht und gesprochen würden. Eben daß man sie in einer Hälfte des Volks denkt und spricht, dadurch allein dringen sie auch in die andere Hälfte über. Und ist einmal die Mehrheit der Menschheit des Bessern überzeugt, dann macht sich Alles leicht von selbst, ohne Staatsumwälzungen und Blutbäder, durch den natürlichen Gang in verbesserter Gesetzgebung. Wahrlich, nicht deswegen hielt man mich für wahnsinnig, lieber Norbert, nicht deswegen bannte man mich von der übrigen Welt aus. Niemand hätte etwas dagegen gehabt, wenn ich Baron gegen die Ungerechtigkeit, Barbarei, Torheit und Schädlichkeit deklamiert haben würde, welche mit dem Institut des bevorrechteten Erbadels verbunden sind; Niemand hätte etwas dagegen gehabt, wenn ich bei meinen Deklamationen eine Gräfin oder Baronin geheiratet haben würde. Es treibens Viele so. Aber daß ich folgerecht handelte, obgleich Niemand damit beschädigt wurde; daß ich die Liebe eines schönen und tugendhaften Mädchens dem Vorurteil meiner ahnenstolzen Sippschaft vorzog; daß ich Baron ein von der Landstraße weggenommenes Bettelkind, ja ein uneheliches Kind zur Gemahlin wählte – das war ein Verbrechen. Norbert, sieh' Malchen noch einmal an, – dann tritt vor meinen pergamentenen Stammbaum – und dann verdamme mich.«

» – Mit solchen Dokumenten für dein Recht, lieber Olivier, bist du freilich ein furchtbarer Advokat. Ich denke aber, der Adel hätte dir am Ende diese Sünde gegen seinen Stand wohl hingehen lassen, und dich allenfalls als eine Ausnahme von der Regel betrachtet. – Du weißt, man denkt heutiges Tages in solchen Dingen schon viel duldsamer; der Adel ist nicht mehr wie...«

»Das glaubst du? O mein Freund, betrüge dich nicht über unsere Kaste, in der nicht nur die Physiognomien, und nicht nur die Vorrechte, sondern auch die Begriffe und Vorurteile erblich und durch die Vererbung in so vielen Generationen unausrottbar geworden sind. Der Adel hat die eigentlich fixe Idee, von Geburt aus, bessern Teiges zu sein, als die übrige Menschheit. Und wenn er schon der Gewalt der Revolutionen unterliegen muß: seine fixe Idee bleibt oben an. Sahst du nicht den ausgewanderten Adel Frankreichs im Elend? Seinen Dünkel verlor er nicht, auch da er seine eigenen Schuhe flicken und seine Hemden selbst waschen mußte. Siehe die jungen im Elend gebornen oder erzogenen französischen Edelleute jetzt in Frankreich wieder. Was treiben sie? Statt mit ihrem Schicksal ausgesöhnt zu sein, klagen sie, weil sie mit Leuten von bürgerlicher Abkunft so viele, ja alle Rechte teilen sollen. Dafür arbeiten sie wider die Charte, bis keine Charte mehr ist, und eine neue Revolution sie abermals ausstößt.«

» – Hier, mein lieber Advokat, lässest du dich auf einer Schwäche ertappen, die ich zu benutzen viel zu großmütig bin. Was beweisen Menschen jenes Landes für oder wider Menschen unsers Landes? Wer würde aus den Begriffen der indianischen Häuptlinge mit ihren knöchernen Naseringen eine Anklage gegen unsern hiesigen Adel machen wollen? – Lassen wir das. Aber versteh' mich wohl. Ich möchte dich mit der übrigen Welt aussöhnen. Ein kleines Opfer von dir, eine geringe Nachgiebigkeit in unbedeutenden Äußerlichkeiten: und, glaube es mir, man wird dir alle deine Meinungen, selbst deine Paradoxien verzeihen. Und wir sind schuldig, Opfer zu bringen. Nur dadurch erkaufen wir Vertrauen. Und nur im Besitz des öffentlichen Vertrauens können wir öffentlich wirken. –«

»Du verlangst ein kleines Opfer von mir, Norbert. Ich kenne es schon. Du forderst, als Kleinigkeiten, nichts weniger, denn mich selbst mit allen meinen Überzeugungen, Grundsätzen und daraus hervorgehenden Pflichten zu opfern. Aber wenn ich nun meine Überzeugungen und Grundsätze aufgeopfert habe, das heißt, mein ganzes Wesen: was tauge ich denn noch in der Welt? Womit soll ich dann Gutes wirken?«

» – Noch mit Vielem! Siehe andere weise Männer, sie stiften, ohne mit der Welt zu zerfallen, unsägliches Gute. Warum könntest du es nicht? Was kannst du, selbst durch dein bloßes Beispiel, und du allein stehend, wirken, wenn dich, wie jetzt geschieht, alle deine Umgebungen verkennen und glauben, du habest am Verstande Schaden genommen? –«

»Die Frage verdient eine Antwort, denn sie ist von allen deinen Fragen die wichtigste. Zuerst denke meines Befugnisses, als Mensch, daß ich, wenigstens in meinem Hause, auf meinem Boden, gemäß meinen bessern Überzeugungen, essen, trinken, mich kleiden, reden und handeln dürfe, wenn ich damit nur keine fremden Rechte verletze. Da ich nun die Albernheiten und Abgeschmacktheiten, Künsteleien, Unnatürlichkeiten und Verzerrungen der jetzigen europäischen Menschheit, wie sie sich eben aus dem Schlamm der Barbarei hervorwindet, lächerlich, schädlich, unnatürlich, verächtlich finde, soll ich, mit aller Neigung und allem Beruf und aller Pflicht zum Wahren und Gerechten, keinen Gebrauch von jenem Befugnis machen? selbst nicht auf die Gefahr hin, daß ich von unsern Barbaren, den Kunst- und Gewohnheitstieren, die es nun nicht besser verstehen, ausgelacht werde? Soll der Weltumsegler, wenn die Wilden Indiens ihm Menschenfleisch zum Schmause vorsetzen, sein Grausen überwinden, die scheußliche Sitte mitmachen, damit ihn die Indianer nicht auslachen? – So viel, Norbert, über das, was meine Person unmittelbar und allein berührt.«

Hier schwieg Olivier einen Augenblick, als wolle er allfällige Antworten abwarten, fuhr aber bald fort: »Übrigens, o Norbert, erinnere dich des Bruchstückes aus der Reise des Pytheas, und deines eigenen Geständnisses von der getroffenen und treffenden Wahrheit. Du selbst gibst zu, daß sich die menschliche Gesellschaft unsers Weltteils weit von den Gesetzen der Natur hinweg verloren hat. Ihr Alle gestehet, daß wir eben darum unendlich viel zu leiden haben; denn die Verletzungen der ewigen Gesetze Gottes führen ihre Strafen gegen die Frevler in sich selbst mit. Keiner von euch leugnet, daß euer gesamter bürgerlicher und häuslicher Zustand, daß eure Verfassungen, Sitten und Lebensweisen nur höchstens ein folgerechtes Bestehen im Naturwidrigen sind. Aber wer von euch hat den Heldenmut der Vernunft, zu den einfachen ewigen Ordnungen Gottes zurückzukehren? An diesem Heldenmut fehlt es! Wohlan, mir ist er nicht fremd. Es ist gut, daß Einer und Einzelne, unbekümmert um Wahn und Gelächter des großen Haufens, das Beispiel des Guten und Rechten im Leben hinstellen. Es ist gut, daß Einzelne aufstehen, die nicht mit dem herrischen Wahnsinn des Zeitalters kapitulieren und Akkomodements treffen, um mich eurer Sprache zu bedienen, sondern ihm offene Fehde bieten. Denn durch bloße Lehren von Kanzeln, Kathedern und Schaubühnen, durch bloße Philosopheme, durch Lobreden auf Natürlichkeit und Wahrheit wird nichts getan. Ihr redet, philosophiert und schreibet immerdar, und die Lehrer bleiben selbst immerdar wie sie sind, und die Schüler werden nicht anders. – Darum ist's gut, daß Einzelne die Urbilder des Bessern in der Wirklichkeit des Lebens hinausführen. Allerdings wird man sie anfangs für Unsinnige halten, und bemitleiden und bespötteln. Nach und nach gewöhnt sich das Auge der Zeitgenossen aber an die fremdartigen Erscheinungen. Endlich wird gesagt werden: Aber der Mann hat doch in vielen Dingen so unrecht nicht. Zuletzt wagen es die Kühnsten, schüchtern in einzelnen Dingen nachzufolgen. – Und, Norbert, wer die Menschheit, oder auch einen kleinen Teil der Menschheit nur um einen Schritt wieder zur Natur zurückgeführt hat, der hat für die Flüchtigkeit des Lebens genug getan. – Und so, lieber Freund, laß mich gewähren! Viele pflegen den, der recht tut, nur deswegen zu tadeln, weil es sie verdrießt, daß eben er, und nicht sie selbst den Mut haben, das Rechte zu tun. – Weil ich ohne Luxus und mit Verbannung des Fremdartigen trinke und speise; weil ich mich bequemer und dem Auge gefälliger kleide; weil ich dem männlichen Bart seine Ehre widerfahren lasse; weil ich den Vorrechten und Vorurteilen meiner Kaste entsage, und nicht mehr, als ich wert bin, gelten will; weil ich mich durch Vermählung mit einem Mädchen von niedriger und unehelicher Abkunft nicht zu beflecken glaube; weil ich keine Ehre durch einen Zweikampf herstellen, und kein Zeichen meiner wirklichen oder geheuchelten Verdienste auf der Brust zur Schau tragen mag; weil ich Leibeigene zu meinen freien Mitmenschen und Freunden mache; weil ich die Lüge verachte, die Wahrheit ohne Furcht bekenne: darum werde ich noch im neunzehnten Jahrhundert als der Narr behandelt, ungeachtet ich der Vernunft gemäß lebe, nicht gegen bestehende Verfassungen und Gesetze mich verging, Niemandem Leids zufügte, Manchem Gutes erwies, nie das wahrhaft Sittliche und Anständige verletzte. – Hier, Norbert, hast du meine Antwort auf deine Frage. Nun laß uns davon abbrechen.«

Wir brachen ab. Ich umarmte den edlen Sonderling, und sagte ihm nur lächelnd: »Wir haben ein altes Sprichwort: Allzuscharf macht schartig.«

Nach einigen Tagen verließ ich ihn. Die Erinnerungen an Flyeln werden zu den angenehmsten meines Lebens gehören. Ich will auch nicht bergen, daß, wenn die ganze Welt in den Wahnsinn meines Oliviers verfallen wollte, ich mit Freuden einer der ersten Wahnsinnigen werden würde. Wir haben seitdem unsern Briefwechsel wieder hergestellt, und ich habe ein Gelübde getan, von Zeit zu Zeit in das glückselige Flyeln zu wallfahrten.

Über tredition

Eigenes Buch veröffentlichen

tredition wurde 2006 in Hamburg gegründet und hat seither mehrere tausend Buchtitel veröffentlicht. Autoren veröffentlichen in wenigen leichten Schritten gedruckte Bücher, e-Books und audio-Books. tredition hat das Ziel, die beste und fairste Veröffentlichungsmöglichkeit für Autoren zu bieten.

tredition wurde mit der Erkenntnis gegründet, dass nur etwa jedes 200. bei Verlagen eingereichte Manuskript veröffentlicht wird. Dabei hat jedes Buch seinen Markt, also seine Leser. tredition sorgt dafür, dass für jedes Buch die Leserschaft auch erreicht wird.

Im einzigartigen Literatur-Netzwerk von tredition bieten zahlreiche Literatur-Partner (das sind Lektoren, Übersetzer, Hörbuchsprecher und Illustratoren) ihre Dienstleistung an, um Manuskripte zu verbessern oder die Vielfalt zu erhöhen. Autoren vereinbaren direkt mit den Literatur-Partnern die Konditionen ihrer Zusammenarbeit und partizipieren gemeinsam am Erfolg des Buches.

Das gesamte Verlagsprogramm von tredition ist bei allen stationären Buchhandlungen und Online-Buchhändlern wie z. B. Amazon erhältlich. e-Books stehen bei den führenden Online-Portalen (z. B. iBookstore von Apple oder Kindle von Amazon) zum Verkauf.

Einfach leicht ein Buch veröffentlichen: **www.tredition.de**

Eigene Buchreihe oder eigenen Verlag gründen

Seit 2009 bietet tredition sein Verlagskonzept auch als sogenanntes "White-Label" an. Das bedeutet, dass andere Unternehmen, Institutionen und Personen risikofrei und unkompliziert selbst zum Herausgeber von Büchern und Buchreihen unter eigener Marke werden können. tredition übernimmt dabei das komplette Herstellungs- und Distributionsrisiko.

Zahlreiche Zeitschriften-, Zeitungs- und Buchverlage, Universitäten, Forschungseinrichtungen u.v.m. nutzen diese Dienstleistung von tredition, um unter eigener Marke ohne Risiko Bücher zu verlegen.

Alle Informationen im Internet: **www.tredition.de/fuer-verlage**

tredition wurde mit mehreren Innovationspreisen ausgezeichnet, u. a. mit dem Webfuture Award und dem Innovationspreis der Buch Digitale.

tredition ist Mitglied im Börsenverein des Deutschen Buchhandels.

Dieses Werk elektronisch lesen

Dieses Werk ist Teil der Gutenberg-DE Edition DVD. Diese enthält das komplette Archiv des Projekt Gutenberg-DE. Die DVD ist im Internet erhältlich auf **http://gutenbergshop.abc.de**

Zeitfracht Medien GmbH
Ferdinand-Jühlke-Straße 7
99095 Erfurt, Deutschland
produktsicherheit@kolibri360.de